잃어버린 것들

잃어
버린 것들

이다빈 산문집

아트로드

　배본사에서 출고를 기다리고 있던 내 책이 모두 불에
탔다. 잠시 삶의 여행을 멈추었다. 멈춘 자리에서 무엇을
잃어버렸는지 생각해 보았다. 그 잃어버린 것에 대한 보
상으로 분노와 막막함, 걱정이 잠시 머물다가 돌아갔다.

　미지수와 같은 삶은 방정식의 종류에 따라 달라진다.
3차방정식까지는 근의 공식으로 풀었지만 4차방정식 근
의 공식은 알 수가 없다. 인생은 누구에게나 세 번의 기회
가 있다고 했는데 나는 지금 세 번째 갈림길에 서서 등식
을 기다리고 있다.

　생각해 보니 잃어버린 것은 내 것이 아니라 원래 있는
자리로 돌아간 것이었다. 많이 버렸다고 생각했는데 짐
이 그동안 늘어난 모양이었다. 나의 그림자는 문득문득
드는 의문을 덮어버리고 논리를 만들어오고 있었던 것이
다. 관념이 본능을 늘 앞질렀고 삶에서 마주치는 직관을
무시했다. 더하고 싶었지 빼려고 하지 않았다. 나의 내면

을 들여다보니 온통 결핍 덩어리들이었다. 그 결핍 때문에 사랑을 했고, 아이를 낳았고, 이별을 했다. 이제 다른 곳으로 흘러가기 위해서 기억과도 이별을 하려 한다. 멈추면 내 곁에 영원히 있을 거라는 생각이 나를 옭아매기 때문이다. 그 이야기들을 묶어서 세상에 내보낸다.

시간은 스스로 리듬을 만들어낼 것이고, 세상의 파도에 자신을 맡기면 가벼워져 크게 날아오를 것이다. 나는 지금 자연을 하나로 묶어 주는 생명의 흐름을 느낀다. 나는 결코 삶을 소유할 수 없다. 찻잔 속에 구름이 떠간다.

2019년 12월
이다빈

사진을 찍으며

자전거를 타고 가다가 신호등 앞에 멈췄다. 우연히 시선이 바닥에 닿았는데 열쇠가 떨어져 있었다. 열쇠를 보면서 많은 생각이 스쳐지나갔다. 열쇠의 주인은 누구인지, 어쩌다 이곳에 떨어뜨렸는지, 열쇠가 없어진 걸 알아챈 주인은 어떻게 했을지, 열쇠는 어떤 기분일지. 열쇠는 나의 상상력을 자극했고 마치 말을 거는 것 같았다. 외롭고 쓸쓸한 모습에서 나를 보았던 걸까. 그 이후로 길에서 잃어버린 것을 발견하면 사진을 찍기 시작했다.

사람들은 참 많은 것을 잃어버리면서 살고 있었다. 빠르고 복잡한 세상에서 정신없이 살다보면 무언가 하나씩은 잃어버리기 마련이다. 보통은 잃어버린 줄도 모르다가 뒤늦게 알게 되는 경우가 많다. 우리가 살면서 잃어버리는 것은 물건뿐만은 아닐 것이다. 세월이 흐르면 사람, 감정, 기억 등 삶에서 사라진 것들이 하나씩 보인다.

버려진 것들도 처음에는 사랑받던 존재였을 것이다.

하지만 시간이 지나면 모든 것은 처음과 다른 모습으로 변한다. 그 모습 속에는 많은 추억과 이야기가 있지만 마지막은 항상 잔인하다.

2015년부터 찍어온 사진과 그것보다 훨씬 오래전부터 나와 인연을 맺어온 이다빈 선생님의 얼굴이 겹쳐졌다. 스승의 삶을 가까이에서 지켜보면서 그녀가 얼마나 많은 것을 잃었고, 또한 얻었는지 알고 있었다. 선생님과 나란히 길을 걸으며 인생을 배워가고 있는 나는 선생님의 이야기와 나의 사진을 하나로 엮어 보았다.

에디터 신지현

목차

2부 　나를
　　　찾아 떠난
　　　여행

1부

잃어
버린
나

○

보름달

　서울의 한 모퉁이에서 나는 너무 허기져 웅크리고 있었다. 편집자의 노동을 부끄러워하고, 자유로움 속에서도 나를 학대했다. 내 자유가 만인의 자유가 아니었기 때문이다. 큰것을 위해서 복무할 수 있도록 나를 내몰았다. 그것이 인생을 잘사는 것이라고 생각했다. 그렇게 고민으로 엎어지고 주저앉았지만 세상은 끄떡도 하지 않았다.

　세상도 무서웠지만 그렇게 채찍질하는 내가 더 무서웠다. 어둠을 밀어내는 개 짖는 소리만 들리는 밤 나는 퀘퀘하고 건조한 하숙방에 홀로 누워 있었다. 나도 모르는 사이 나를 죽어가게 하는 시간이 제 갈 길을 재촉했다. 가치

없게 살고 싶지 않아서 영혼을 채찍질했더니 고립무원의 외톨이가 되고 말았다.

밤 산책길에 하늘을 올려다보니 구름이 걷히면서 정월 대보름달이 얼굴을 쏙 내밀었다. 그 품은 너무도 포근했다. 이론의 허망함에 더 이상 고뇌하지 않아도 되었다. 달은 나를 비추었고 달 속의 토끼처럼 나는 꿈을 꾸기 시작했다. 나는 차가운 바다 속에 누워 있는 애너벨 리에 대한 에드거 앨런 포의 사랑을 꿈꾸었다.

보름달이 뜨면 생명체를 만들려는 욕망이 강해진다고 하던데 불완전한 존재인 사람은 저 달처럼 완전해지기 위해 끊임없이 짝을 찾는걸까. 이 순간에도 수많은 연인들이 어떻게든 하나가 되려고 억지로 맞춰가며 심장을 데우고 있을 것이다.

내게도 어느 날 문득 사랑이 찾아왔다. 빗속에 차가워진 스물여섯 겨울나무는 바람 한 줄기도 그리웠다. 제도권 지식과 훈장도 버렸다. 흔들리는 시대 편견이 넘실대는 서울의 밤거리에서 나는 바람 같은 한 사람의 어깨를 잡고 새 등불을 들었다. 그 불은 너무 밝아서 미래의 두려움도 더는 오지 않았다.

하지만 분홍빛 포장지 속에 무엇이 들어 있는지 나는 미처 알지 못했다. 그의 일상에 나를 맞추었지만 그는 늘 다가오지 않고 멀리 있었다. 가장 오래 곁에 있었던 사람조차 붙잡지 않을 만큼 그에게 내재된 슬픔을 알 길이 없었다. 같이 있어도 그 사람의 모든 것을 알 수는 없는 건데 알고자 했던 것이 내 잘못이었다.

사랑은 보름달처럼 스스로 온전할 때 서로를 비추어 줄 수 있는 것이었다.

○

시소놀이

시소가 기울어지면 서로 무게를 조절해서 다른 쪽과 평형이 되도록 맞추어가야 놀이는 계속된다. 하지만 왼손은 명예와 욕망을 쥐고 있었고, 오른손의 존재는 미미해져 갔다. 왼손은 뜨듯해진 아랫배에 손을 대고만 있을 뿐 현실의 창문을 열지 않았다. 왼손이 해야 할 일까지 오른손이 했다.

왼손은 수십 년 동안 오른손에게 자잘한 요구를 했다. 오른손이 바빠서 왼손의 요구를 들어주지 않으면 왼손은 뭘 그렇게 야박하게 구냐며 아이처럼 애원했다. 오른손은 참아왔던 화를 쏟아 냈다. 그러자 왼손은 되레 오른손을 탓하며 당신이 먼저 해버리니까 안 하게 된 거라고 말했다.

왼손의 욕망은 점점 무거워졌고, 시소는 더욱 기울어졌다. 왼손은 오른손을 곁에 두고도 다른 손을 원했다. 오른손이 틀어놓은 음악에 왼손은 유희로 춤을 추었다. 오른손은 왼손에게 경고했지만 환상을 끊임없이 좇는 왼손은 오른손의 말을 가벼이 넘겼다. 오른손은 그때 깨달았다. 이 시소놀이는 끝났다고.

물건을 정리하다가 오른손목이 부러져 깁스를 하게 되었다. 긴박했던 삶은 느리게 흘러갔다. 반쪽의 힘으로 살아가는 법을 배워야 했다. 왼손으로 젓가락 대신 포크를 사용해야 했고, 인생을 삐뚤빼뚤 다시 써야 했다.

○

사랑의 유통기한

토요일 오후 술집에서 오랜만에 친구를 만났다. 서로
하는 일이 달라서 특별한 목적이 없으면 잘 만나지 않다
가도 우연히 연락이 닿으면 만나서 술 한 잔 하는 사이로
지내왔다. 친구는 남편과 별거중이었다.

"우리 부부는 뭐가 문제일까?"

친구가 내게 술잔을 건네며 물었다.

"탁해졌어. 서로 그만할 때가 되었다는 생각이 드네.
너도 남편이 했던 행위에 대해서 의심을 했잖아?"

"그건 솔직하지 않았기 때문에 나온 반동이었어."

"네 남편이 솔직하지 않았기 때문에? 그럼 남편이 같

이 파동을 일으킨 거겠지. 네가 그런 생각을 하도록."

"물론 문제는 둘 다 있겠지. 문제의 본질을 거기서 찾아야 되니까. 그럼 그만하면 이 문제는 풀리는 거야? 각자의 문제로 남지 않니?"

"둘이 손뼉을 마주쳤으니까 소리가 난 거 아냐? 마주치지 않는다면 문제도 없지."

"그런데 여지껏 살아오면서 그런 소리는 안 났거든. 지금 난 걸까, 아니면 처음부터 잘못된 걸까?"

"그 답은 네가 어떻게 생각하느냐에 달려 있어."

"누구나 다 잘 맞아서 사는 건 아니잖아. 살면서 맑아지기도 하고 탁해지기도 하는 거 아냐?"

"사람마다 인연을 이어가는 모양도 달라."

"이렇게 될 거라곤 생각하지 않았는데 남편에 대한 생각들이 익어간 것 같아. 그래서 사태를 다른 각도로 깊이 보게 되었어. 그런데도 뭔가 찜찜한 게 남아 있거든. 네가 볼 때 그게 탁하다는 거야? 그럼 맑게 살려면 어떻게 해야 되는 거야? 외면해야 하는 거야?"

나는 대답 대신 친구의 술잔에 술을 따랐다. 친구는 내게서 답을 얻으려고 하는 것 같았다.

"아니. 문제를 정확하게 바라봐야해. 네가 왜 네 남편을 그렇게 바라보는지. 네 남편이 가만히 너를 바라보진 않잖아. 네가 남편한테 많은 걸 주고 있고, 남편을 너무 의지하고 있는 것 같아. 그게 습관일 수도 있어. 사실 사람이 의지를 안 한다는 건 불가능하지만 말야."

"내가 많이 주다 보니 의지도 많이 하게 된 거겠지."

"의지에서 끝나면 괜찮아. 그런데 너는 의지에서 끝나는 느낌은 아니야……."

"모든 사람들이 그렇게 살지 않니? 내가 이 사람한테 너무 많이 기대고 있는 걸까?"

"기대를 많이 했지."

친구는 잠시 말이 없다가 힘빠진 목소리로 말을 이어갔다.

"그런 것 같아. 그래서 서로 힘든 것 같아. 보통의 부부들은 살면서 역할을 배분하잖아. 우리는 가족관계가 둘 중심으로 묶여 있다 보니 배분할 데가 없었던 것 같아. 이 사람도 마찬가지지. 서로 그게 힘들었던 것 같아."

술집 창밖으로 우우 바람 부는 소리가 들려왔다. 친구의 고민은 내가 겪었던 고민이었다. 우리는 사랑하는 존재가 없을 때 살아갈 이유를 상실하게 된다. 상대에게서 자신의 존재감을 확인받아야 삶의 의미가 생기기 때문이다. 하지만 사랑은 쉽게 미움과 질투심으로 바뀐다. 사랑에도 유통기한이 있다.

내 자유를 고스란히 바친 내 사랑의 유통기한도 끝이 났다. 내 사랑은 불꽃처럼 다시 타오를 수 없는 재가 되어 버렸다. 하지만 친구는 어떻게든 유통기한을 연장하려 애쓰고 있었다. 어둠에 스민 달빛이 친구의 무거운 어깨에 내려앉아 있었다.

○

흐르는 강물처럼

　그와 나는 갈림길에 놓였다. 부모를 등지고도 그토록
당당했던 나는 무너지고 말았다. 그와 나는 다른 사람들
과 다를 거라고 생각했다. 아무도 인정해주지 않았지만
사랑만 있으면 된다고 생각했다. 힘든 과정을 함께 겪어
왔기에 서로를 절대 배신하지 않을 거라고 믿었다. 무슨 일
이든 같이 의논하고 결정해왔다고 생각한 것은 내 착각이
었다. 그 착각 속에서 세상의 소리에 귀 막고 살아왔다.
　자식을 잃었을 때 붙잡고 있던 마음을 놓아버렸다. 보
이지 않는 올가미가 나를 덮치고 있었다. 잠깐 좋아졌다
가 다시 나빠졌다 하는 상황에서 일부러 애쓰는 우리의

행동이 부자연스러워졌다. 이전의 자연스러운 사랑은 기대하기 어려워졌다. 억지로 노력했지만 그를 품에 받아들이기가 어려웠다. 그는 석상처럼 서 있었고, 지치면 와서 쉬다가 가라고 할 뿐이었다. 끝까지 지키고 싶었던 사람이 내 마음에서 떠나가는 것은 세상에서 가장 슬픈 일이었다.

시작이 있으면 끝이 있는 것처럼 이별의 시간이 다가왔다. 나와 그 사람을 묶고 있던 끈을 풀었다. 내가 묶어두었던 끈이기에 풀기는 어렵지 않았다.

이별을 결정하니 걸림돌 없이 나만 남았다. 좋은 벗이 있으면 둘이서 함께 가고, 좋은 벗이 없으면 버리고 홀로 가라고 했다. 내 마음이 고우면 나누며 함께 가고, 내 마음이 탁하면 버리고 홀로 가라고 했다. 수많은 이별과 만남을 품은 강물처럼 흘러가야 하지 않을까.

○

오래된 물건

　창고에 쌓아두었던 박스를 풀어보니 읽지 않을 것 같
은 책들이 많았다. 세월이 참 많이 흘렀다는 생각이 들었
다. 그동안 이 짐들을 방치해둔 내가 참 한심했다.

　아직 쓸 만한 책과 곰팡이가 슬었거나 한글맞춤법 개
정 이전의 책 등 버려야 할 책을 분리했다. 박스 안에는
수많은 가방과 컴퓨터, 학용품 등이 들어 있었다. 중고가
게에서도 거절할 물건들뿐이었다. 쓸 수 없는 것들은 분
리수거함에 넣었다. 짐을 하나씩 치우면서 마음에 남아
있던 그에 대한 기억도 하나씩 지워나갔다.

　집에는 그의 호기심으로 채운 물건들 천지였다. 그와

함께 살아가려면 그의 모든 짐들을 받아들여야 했기 때문에 삶도 그만큼 무거워졌다. 단칸방 살림을 시작할 때도 그가 가지고 온 짐 때문에 제사를 한번 지내려고 하면 방의 물건들을 다락으로 몽땅 옮겨야 했다. 제삿날은 음식 준비보다 물건들 옮기는 것이 더 큰 일이었다. 형편이 조금씩 나아지면서 짐을 보관할 공간이 생겨났지만 그에 비례해 짐도 늘어났다. 그 짐들은 서서히 나를 밀어내기 시작했다. 내 공간은 부엌에 있는 식탁으로 밀려났다.

정리한 내 짐은 콜택시로 부른 스타렉스의 트렁크와 뒷좌석에 모두 들어갔다. 나는 운전석 옆에 앉아 뒷좌석에 실린 짐들을 돌아보았다. 그동안 참 무겁게 살아왔다는 생각이 들었다.

땅거미가 내려앉을 즈음 14평짜리 아파트 입구에 차가 멈췄다. 엘리베이터까지 짐을 하나씩 옮겼다. 엘리베이터 문이 닫히지 않도록 책 박스를 밀어 넣느라 힘을 썼기 때문인지 손등 위로 굵은 땀방울이 흘러내렸다.

짐을 엘리베이터에 모두 옮겨놓고 15층 버튼을 눌렀다. 홀로서기를 시작할 아파트는 가지고 온 짐이 적어서인지 혼자 살기엔 커보였다. 마치 큰일을 끝낸 사람처럼 홀가분해졌다. 이렇게 빨리 결정할 수 있고 적응할 수 있다는 사실이 스스로도 믿기지 않았다.

요를 깔고 몸을 뉘었다. 생각은 칡넝쿨처럼 엉켜 있었다. 집을 나와 보니 수십 년 동안 한 남자의 그늘에서 살아왔던 내 모습이 보이기 시작했다. 뒤처지지 않으려고 숨쉬기에도 벅찬 삶을 살았다. 사랑은 주는 것이 아니라 저절로 되는 것이었다. 결혼으로 묶어둔 사랑엔 자유가 없었다. 자유가 있을 때 진정한 사랑을 할 수 있는 것이었다.

아침이 되어 커튼을 열어젖히니 햇살이 방안 가득 들어왔다. 창가에서 맑은 새소리가 들렸다. 음악을 켤 필요가 없었다. 자연 그대로가 음악이었다. 28년의 세월이 꿈처럼 흘러가고 있었다.

○

절망의 바닥

12년 전 어느 날 나는 의사로부터 청천벽력 같은 말을 들었다. 설마 이런 일이 내 딸에게 일어날 거라고 상상이라도 해본 적이 있던가. 우는 딸을 달랠 정신도 없이 머릿속에서 갖가지 생각들이 회오리바람을 일으켰다. 아는 의사들은 연락이 되지 않았고, 인터넷 검색에서 겨우 백혈병이라는 병명만 알 수 있었다. 달리 취할 방도를 찾을 수 없게 되자 딸의 모습이 가엾기도 하고 엄마로서 무능한 내 모습에 눈물만 나왔다.

나는 우는 딸을 달래서 의사가 권고하는 대로 서울의 전문병원 응급실로 갔다. 응급실에는 별의별 사람들이 있었다. 하지만 내 눈에는 다 나이롱환자처럼 보였다. 옆에 누운 장염 걸린 여자는 다 죽어갈 듯하고 있었는데 하룻밤만 자면 낫는 병이었다. 응급실에 실려 오는 사람들은 모두 위급한 환자들이라고 생각하고 있었는데 지금은 한낱 사치스런 병으로밖에 안 보였다. 팔 하나쯤 없는 것도 아무렇지 않은 병 같았다. 인간은 참으로 간사한 동물인가 싶었다. 자신에게 닥치지 않으면 다른 사람의 일은 그저 구경일 뿐이다.

모든 믿음이 깨어지는 순간이었다. 왜 10만 분의 1의 확률이 내 딸에게 닥친 것인지, 무엇을 잘못했길래 이런 시련을 받아야 하는 것인지 절망의 바닥에 주저앉았다. 그동안 꿈꾸며 쌓아왔던 탑이 와르르 무너져 내렸다. 책 속의 의사는 병을 빨리 인정하라고 했다. 설마, 혹시나 하는 생각이 병에 대한 환상을 갖게 하고 약물 거부반응을 일으킬 수도 있다는 것이다. 하지만 며칠 동안 이게 꿈이었으면, 혹시 오진한 것은 아닐까 하는 생각을 뿌리칠 수 없었다. 아이의 몸속에선 이미 전쟁이 시작되었는데도 나는 헛된 꿈속에 있었다.

환자의 침상 아래 놓여 있는 좁고 길다란 보조침상에

누워 자면서 매일 밤 악몽에 시달렸다. 잠 속으로 들어가는 것조차 두려웠다. 자고 일어나도 꿈속에 있는 것 같았다. 잠은 더 이상 휴식이 아니었다.

완치율 80%라는 확률을 믿고 초등학교 6학년 딸은 긴 머리를 하나도 남김없이 밀었고, 척추에 드릴을 박고, 심장에 관을 넣고 독약을 밀어 넣었다. 재발의 확률은 낮았고, 설사 재발을 한다고 하더라도 몇 년은 더 살 수 있다는 의학 통계를 믿었다. 그 외 믿을 수 있는 것은 아무것도 없었다. 물론 의사 말만 믿은 것은 아니다. 의학책을 사서 병원에서 읽었고, 민간요법을 수소문해서 찾아보기도 했다. 아이의 소변을 받아서 야채주스에 타서 먹이기도 했다. 항암제를 맞고 나서 하루 종일 토할 때도 나는 희망을 가졌다.

병원에 있다 보니 흉흉한 소문들이 나돌았다. 골수 기증자를 찾는 것도 힘든 과정인데 이식 후에도 많은 아이들이 거부반응으로 죽어 갔다. 복도를 스쳐가는 아이들이 어느 날 갑자기 사라질 수도 있다고 생각하니 나는 아이들을 차마 바라볼 수가 없었다.

딸은 벌써 세 통의 학 접기, 별 접기를 끝내고 비어 있는 큰 병에 다시 학을 접어 넣고 있었다. 만화 그리기와 종이접기를 잘하는 딸은 병원 아이들에게 종이접기를 가르치기도 했다. 하지만 학처럼 날고픈 딸의 꿈은 유리병에 갇혀 날지 못했다.

아이가 잠들었을 때 병원을 나와 한강에서 목 놓아 울었다. 강에서 울고 있으면 딸은 어느새 깨었는지 문자로 호출을 했다. 딸은 불편한 모든 것을 내게만 시켰다. 나는 딸의 고통을 차라리 내가 받았으면 좋겠다고 생각하면서 밥을 먹지 않는 딸에게 밥을 먹으라고 강요했고, 딸은 먹지 않겠다고 투쟁했다. 점점 말라가는 아이의 모습을 보는 것은 내게 엄청난 고통이었다. 내가 해줄 수 있는 것은 밥을 먹이는 것뿐이었다.

딸은 6개월간 입원과 퇴원을 반복하면서 힘든 치료를 잘 견뎌냈다. 희망을 갖고 적응하며 지내는 듯했는데 또 하나의 벼락이 눈앞에 떨어졌다. 퇴원 후 외래진료를 갔다가 백혈구 수치가 높다며 바로 입원하라는 소리를 들었다. 아무래도 재발이 의심되는 징조라고 했다. 딸은 화를 내며 말했다.

"엄마, 나 중학교 가고 싶어. 공부 좀 하게 해줘. 다시는 병원에 안 갈 거야. 골수 이식 안 할 거야."

골수 이식 환자들을 수없이 봐왔던 터라 딸의 의지는 단호했다. 아이가 무슨 잘못이 있다고 저 어린 꿈을 접어야 하는 건지, 중학교에서 공부하고 싶다는 저 작은 소망을 물거품으로 만들어버리는 건지 하늘마저 원망스러웠다.

병원 치료를 거부하다 통증이 계속되어 다니던 병원에 입원 요청을 했지만 딸을 받아주지 않았다. 나는 지푸라기를 잡는 심정으로 딸을 살릴 수 있는 모든 방법을 찾았지만 세상에 나와 있는 치료법은 저마다 한계가 있어 보였다. 딸은 집에 있을 때가 가장 편안해 보였다.

그렇게 6주가 지나고 중학교 입학식을 앞둔 하아얀 눈이 눈물처럼 내리는 날, 딸은 결국 내 곁을 떠나가고 말았다. 비정한 세상은 아이의 소망을 외면한 채 긴 겨울 속에 육신을 가두어 버렸다.

○

허공의 언어

한 알의 씨앗이 바람을 타고 머얼리 산 넘고 물 건너 나에게로 왔다. 너무 일찍 타오른 봄꽃은 순백 사랑을 남기고 새처럼 자유롭게 저 하늘을 날아갔다.

허공과 이야기를 나누지 않을 수 없었다. 이해할 수 없는 현실과 또 다른 세계를 알고 싶었다. 모든 일이 나름의 질서에 따라 진행된다는 사실을 믿기가 힘들었다. 열심히 일상을 꾸려왔지만 이 마법의 시간을 도저히 이해할 수 없었다. 새로운 삶을 준비해야 하는데 나는 아무런 생각도 없었다. 내 양수에서 빙글빙글 놀다가 세상에 발을 내딛고 저녁노을에 묻혀 간 그 꽃에 대한 집착만 있었다.

내가 걸어왔던 길의 모퉁이에서 나타난 인연은 기억나지도 않았다.

가슴 속에 구멍이 나고, 상실 속에서 견딜 수 없는 슬픔과 공허가 찾아왔지만 시간은 새롭고 낯선 상황을 받아들이게 했다. 하루가 밤낮으로 이루어져 있듯이 생과 사는 나누어진 별다른 세계가 아니며, 인간이 이 세상에 태어나는 것은 절대 우연한 일이 아니라는 사실을 점점 받아들이게 되었다. 삶과 죽음 사이에서 길을 잃고 헤맬 이유가 없었다. 폭풍우를 만났을 때 거센 파도에 두려움이 느껴진다면 바다에 몸을 맡겨야 한다. 그렇지 않고 맞서 싸우면 생명 에너지는 고갈되고 말 것이다. 내가 두려워하거나 말거나 죽음은 낮 뒤에 밤이 오고, 여름 뒤에 겨울이 오는 것처럼 확실하게 찾아온다.

몸 안에 생명이 들어서는 과정엔 부모의 생물학적 DNA만 개입하는 게 아니었다. 내가 아이를 안고 교감을 나누기 전에 이미 몸 밖의 세균들이 내 아이의 몸을 감염시켰다. 아이는 시작부터 '나'라고 할 게 없었다. 나는 아이의 어미가 아니었다. 처음부터 '우리'만 있을 뿐이었다. 그것을 아는 데에는 시간이 필요했다.

어미의 본능을 넘어서 딸에 대한 집착으로 이어졌던 모든 거친 생각들이 스쳐지나갔다. 내가 경험했던 사랑은 무엇이었을까. 기대와 요구가 채워지지 않아서 일어났던 사소한 갈등의 기억이 마음을 아프게 했다. 사랑은 아름다운 경험과 비극 속에서 방황하고 있었다.

삶에서 하나의 문이 닫히면 언제나 다른 문이 열린다는 사실을 처음엔 알 수 없었다. 죄의식에서 빠져 나오는 시간은 길었다. 나머지 가족을 생각할 여유조차 없었다. 나는 해야 할 일을 하지 못하고 시간으로부터 분리되어 표류했다.

그리움에 지친 어느 날, 처음엔 텅 비어 있는 듯했지만 억겁의 인연들이 거미줄처럼 짜여 있는 허공의 언어가 문득 들렸다. 그것은 모두 하나의 강으로 흘러가고 있었다. 그리고 다시 볼 수 없는 꽃이 다시 내 앞에 나타났다. 꽃이 내어준 자리에서 나는 새로운 생명을 얻었다. 허공이야말로 모든 것을 포함하고 있었다.

참된 고민, 엉뚱한 상상, 낯선 사고로 글을 적을 때 진정한 글쓰기가 이루어진다고 했는데 기다리지 않아도 시가 찾아왔다. 나는 아이를 낳듯이 시를 낳았다. 내 아이가 내 몸을 빌려 나왔듯이 내 시는 내 몸을 빌려 탄생했다. 하지만 내가 품었다고 내 것일 수 있겠는가. 내 것이라는 집착에서 벗어나는 순간 나와 아이는 원래의 자리로 돌아가는 것이다.

○

상실의 빛

홍대의 밤거리는 여전히 사람들로 가득차 있었다. 홍대에 살고 있는 출판사 편집장에게 시집 원고를 넘기고 집으로 돌아가는 길이었다. 마음이 홀가분했다. 원고의 절반이 딸을 잃었을 때 쓴 내용이라 나는 문제를 풀어놓고 답안지를 제출하지 않은 사람처럼 시를 묻어두고 7년을 살았다. 딸아이를 떠나보내고 싶지 않은 마음이 구석에 웅크리고 있다가 때가 되니 저절로 나오게 되었다.

아이를 생각하면 가슴이 무너져 내렸다. 아이에 대한 기억을 지우는 것이 내가 할 일이었다. 7년 동안 딸을 기억하는 사람과는 일체 만나지 않았고, 딸의 물건은 딸이 그린 만화책을 제외하고 모두 태웠다. 다른 지역으로 이사도 했지만 딸의 흔적은 불쑥불쑥 책장 속에서, 서랍 속에서 드러났다.

버스를 타려고 횡단보도를 건넜다. 그런데 갑자기 주머니에 넣어둔 휴대폰이 바닥에 떨어졌다. 급하게 휴대폰을 주워들었는데 액정이 산산조각 나 있었다. 손을 대면 유리조각이 손에 박힐 것만 같았다. 불길한 예감이 들었다. 여태껏 휴대폰을 잃어버린 적이 없고, 웬만해선 떨어뜨리지 않을 정도로 간수를 잘해왔다.

정신없이 버스에 타고 나니 속이 거북해졌다. 갑자기 구토가 올라오기 시작했다. 항상 가방에 넣어 다니던 비닐봉지가 있어서 토사물을 받아냈다. 평소엔 한 번 정도 토하고 나면 속이 괜찮아졌는데 이번에는 이상하게 계속 메스꺼웠다. 버스는 에어컨을 틀어놓아 덥지도 않았는데 내 속은 냄비에 올려둔 찌개처럼 부글부글 끓었다.

그렇게 버스를 타고 가고 있는데 또 한 번 이상한 느낌이 들었다. 창밖을 살펴보니 버스가 집 방향으로 가지 않는 것이다. 운전사에게 물어보니 집과 반대 방향으로 가고 있었다. 나는 비닐봉지를 꼭 잡고 버스에서 내렸다.

버스에서 내렸지만 구토를 멈출 수가 없었다. 몸 안팎에서 동시에 이상한 일들이 일어나고 있었다. 겨우 택시를 잡았고, 택시 안에서도 구토가 계속되었다.

딸이 색동옷을 입고 저 혼자 빙그르르 돌며 웃고 있었다. 늘 아이를 혼자 놔두고 떠나와서 마음 졸였는데 아이는 별빛처럼 눈부셨다. 아이에게 다가가 손을 내밀었지만 내 손은 허공에 떨어지고 말았다. 아이는 그런 나를 못 본 건지 계속해서 웃으며 춤을 추고 있었다. 긴 원통 속으로 내 몸이 빨려 들어가고 있었다.

여긴 어딜까. 내 딸은 어디로 갔을까. 사람이 죽으면 긴 터널을 통과한다고 하던데 나도 죽은 걸까. 희미하게 하얀 가운이 보이고 말소리가 들렸다. 나를 마중 나온 천사인가. 아, 드디어 그곳에 왔구나.

웅, 하는 소리와 함께 가느다란 빛이 들어왔다. 빛은 내 몸을 투과해서 무언가를 실어갔다. 빛이 사라지자 다시 몸의 무게가 느껴졌다.

"끝났습니다."

흰색 가운을 입은 두 남자가 내 몸을 일으켜 환자 운반용 침대에 눕히고서는 응급실 침대로 실어갔다.

"이제 정신이 들어요? CT 촬영한 거예요. 여긴 병원 응급실이고요."

택시에서 내려 집으로 걸어가는 길에 결국 쓰러졌던 것이다. 나는 얼굴을 만져 보았다. 이마와 턱에 붕대가 붙어 있었다. 갑자기 두통이 올라오기 시작했다. 살면서 정신을 잃었던 기억은 없다. 딸이 내 곁을 떠나갈 때도 정신을 잃지 않았다. 정신을 놓고 싶었던 적은 많지만 내 삶은 끈덕지게 몸에 달라붙었다.

나는 다시 살기 위해 남겨졌다. 신은 아직 딸과의 만남을 허락하지 않은 모양이었다.

침대가 수술실로 옮겨졌다. 지혈이 끝나고 이마와 턱의 찢어진 부분을 꿰매야 한다고 했다. 아랫입술도 찢어졌고 충격이 컸는지 윗니가 부러져 입술에 박혀 있었다. 잇몸에 박힌 이를 뽑아내고 아래쪽 입술도 꿰매고 나서야 수술은 끝났다.

불길을 뚫고 지나가면 그 속에서 새로운 것이 탄생하는데 상실의 불 속에서 나도 얼핏 빛을 보았던 것 같다.

○

자퇴

　나는 컴퓨터가 대중화되기 전 포트란 언어를 배웠고, 개인용 PC가 보급되면서부터 단칸방에 살아도 컴퓨터는 필수품이 되었다. 아들에게는 그 컴퓨터를 오락용으로 쓰게 했다. 아들은 중학생이 되자 상당한 수준의 IT 유저가 되어 있었고, 정보통신부장관상까지 수상해서 특기생으로 고등학교에 입학하게 되었다. 알아주는 특성화고등학교라 아들의 꿈을 펼칠 수 있을 거라고 생각했다. 하지만 학교 수업 내용은 일반 학교와 다름없이 진행되었고, 통학버스를 타고 오가는 시간을 합하면 수면시간이 절대적으로 부족했다. 3년 동안 그렇게 학교생활을 하는 것이 아들에게 도움이 되지 않을 것 같아서 입학한 지 2개월 만에 자퇴를 권했다. 자퇴 이후에 대한 대책은 아무것도 없었지만 아들도 힘들었는지 그렇게 하겠다고 했다.

자퇴하던 날, 아들은 담임선생님과 친구들에게 마지막 인사를 하고 학교에서 나왔다. 집으로 가는 길에 설렁탕 가게에 들렀다.

"오후에 나올 걸 그랬나? 아침에 나오니 기분이 너무 이상하네……."

나는 아들의 마음을 건드리지 않으려고 조심스레 말을 걸었다.

"괜찮아."

아들은 담담하게 대답했다. 앞으로의 일이 불안할 법도 한데 아들은 아무것도 묻지 않았다.

나는 아들에게 자퇴를 권유한 책임을 지고 검정고시를 치게 할지 다른 학교에 재입학시킬 것인지 고민했다. 그러다가 아들이 한국사회와 맞지 않는다고 판단했고, 유학을 알아보게 되었다. 유학 보낼 형편이 아니었지만 모험을 해보기로 했다. 무얼 믿고 그렇게 했는지는 모르겠다. 은행잔고가 부족했는데 하다 보니 방법이 생겼다.

아들을 유학 보내고 나서 경제적 위기가 끊임없이 찾
아왔다. 상황이 극에 달하면 양자도약을 하면서 내가 다
른 곳으로 가는 것 같았다. 최선을 다해봤지만 더는 할 수
없다고 느꼈을 때는 보이지 않는 힘에 맡겼다.

　　아들은 유학을 마치고 호주 시민이 되었다. 주민등록
부에서 아들의 이름이 지워지던 날, 내 마음 속의 무거운
짐도 내려놓았다.

○

생일

"엄마, 생신 축하드려요."

호주에 있는 아들에게서 문자가 왔다. 생일은 존재에 대한 알림문자와 같다. 내 생일은 그걸로 끝이다.

어릴 때부터 나는 잘 보이지 않는 공간을 좋아했다. 엄마는 다른 식구들은 다 챙겨주는데 내 생일만 기억하지 못했다. 그런데 나는 그것이 서운하지 않고 오히려 고마웠다. 집안에서 있는 둥 없는 둥 하는 존재가 되는 것이 이상하게 편했다. 결혼을 해서도 남편은 내 생일을 기억하지 못했다. 그걸 알고 아들은 내 생일 전날 아빠에게 알려서 생일을 기억나게 했다. 내 생일만큼은 일찍 일어나기 싫으니 아빠에게 말하지 말라고 했는데도 아들은 내 말을 듣지 않았다.

아들이나 남편 생일은 그렇게 할 수 없었다. 전날 일 때문에 늦게 자도 남편과 아들의 생일날 아침은 일찍 일어나 생일상을 차려서 조상님에게 감사의 기도를 올렸다. 딸의 생일은 3년 동안 천도재를 지내주고 나서 머릿속에서 지웠다.

생일이 축하받을 일인지 생각해본다. 태어난 값을 했다면 마땅히 축하를 받아야 하겠지만 그 반대여도 축하해야 하는 걸까. 명분 없이 받은 박수와 선물은 언젠가는 돌려줘야 할 빚이다. 나는 생일 빚은 별로 없는 것 같다. 이제 챙겨야 할 생일도, 생일상도 받지 않으니 더는 쌓을 빚도 없다.

○

엄마라는 이름표

남자는 여자의 사랑을 받으면 세상을 호령하고, 아이는 엄마의 존재만으로도 힘이 난다고 했다. 맞기도 하고 틀리기도 한 말인 것 같다. 나에게 엄마란 존재는 부끄럽지도 자랑스럽지도 않은 존재다. 아버지 때문에 억눌린 과거의 엄마는 한때 부끄러움의 대상이었지만 그 부끄러움은 오래전에 지워졌다. 이제는 엄마에 대한 연민도 집착도 없다.

엄마는 내게 있어서 희생의 아이콘이 아니다. 엄마는 10여 년 전 무릎에 인공관절을 박고 왼쪽 허벅지 통증을 견디며 살고 있지만 하루 두세 시간밖에 안 자고 벌떡 일어나 무언가를 한다. 표현에 서툰 엄마는 몸으로 살아온 사람이다. 엄마는 주변에 있는 자식들에게 손을 내밀지도 않고 자기만의 방식대로 살아간다.

엄마는 산후조리를 돕겠다고 서울에 올라와서는 이틀 만에 내려가버릴 정도로 한 곳에 머물지 못한다. 자식을 챙겨주는 것도 잘 못한다. 꼼꼼한 아버지는 그런 엄마에게 늘 화를 냈다.

식구들은 엄마의 세계를 잘 모르는 것 같다. 최근에 고향에 내려갔을 때도 언니와 남동생은 엄마의 건강을 염려하며 엄마의 술잔을 가로막았다. 엄마는 순순히 따랐다. 식구들이 그렇게 습관적으로 엄마를 바꾸려고 하는 것이 나는 안타깝기만 했다. 가족 중에 유일한 술친구인 나와 엄마는 만날 때마다 술을 마신다. 소주 각 1병은 서로 암묵적으로 합의된 것인데 주변에서 그 즐거움을 막는 것이다.

엄마는 나와 회포를 충분히 풀지 못한 게 아쉬웠는지 다음날 김장을 하기 전 돼지고기를 삶을 때 넣고 남은 술을 같이 마시자고 했다. 엄마는 술이 그리운 것이 아니다. 엄마의 몸짓언어를 이해할 수 있는 사람은 없는 듯했다.

엄마와 나의 관계는 오랫동안 단절되었고 간헐적으로 이어지다가 최근엔 일 년에 한두 번씩 만나고 있다. 엄마는 안부전화를 잘하지 않는 나를 한 번도 미워하지 않았다. 내가 몇 년을 엄마 눈에서 사라지거나 수개월 동안 전화를 하지 않아도 엄마는 늘 그 자리에 있었다. 나는 내 가정을 꾸리는 데에만 집중했다. 그때는 그게 최선의 방법이라고 믿었다. 과거는 지금의 눈으로 해석되는 것이기에 당시의 판단은 옳았을 것이다.

세포 분열을 하듯 가족은 이별을 하고 또 다른 가족을 만난다. 만남이 머무는 곳에 이별도 숨어 있다. 엄마는 노래를 부르고 춤을 추면서 이별을 견뎌냈다. 내가 만든 가족도 떠나갔고, 아들 역시 또 다른 가족을 만들었다. 내가 엄마에게 그러했듯이 나와 아들도 접속이 잦지 않다. 나와 아들 사이에는 큰 강이 있다. 흐르는 것엔 미련이 없다. 가족은 빚쟁이로 만난다고 하는데 엄마와 나는 더 이상 갚아야 할 빚이 없는 것 같다. 아들과 나도 그런 걸까.

잃어
버린 것들

○

아버지

　내게 아버지의 존재란 한때 권위와 폭력이었다. 과거
아버지는 자그마한 공장을 운영했다. 아버지가 쉬는 날
같이 식사를 하게 되면 날벼락 맞을 확률이 많기 때문에
나는 가능한 한 자리를 피했다. 아버지는 이런저런 트집
을 잡으며 밥상을 엎어버리기도 했다. 그럴 때마다 엄마
는 조용히 밥상을 치웠고 언니는 그런 아버지를 말리느
라 날아오는 물건들에 상처를 입곤 했다. 아버지는 내가
태어나서 처음으로 본 남자였고, 그 기억은 내 남성관에
영향을 주었다.
　결혼 후 이십여 년만에 고향집을 찾았다. 고등학교 시

절과 대학교 졸업 후 1년간 살았던 집이다. 어릴 때 기억이 아련하게 떠올랐다. 이 집에서 나는 아버지와 엄청난 투쟁을 했다. 그러다가 대학교를 핑계로 달아났다. 다시 오고 싶지 않았다. 남편과 같이 산 세월은 아버지를 잊게 했다. 아버지로부터 채워지지 못한 사랑을 남편에게서 받으려고 했는지도 몰랐다.

세월의 돌담길을 지나 아버지도 아니고 남자도 아닌 한 노인을 다시 만났다. 목소리엔 힘이 빠져 있었다. 무엇이 이 사람을 이토록 약하게 만든 것일까. 기는 꺾였지만 예전부터 자기 몸만 지나치게 챙겨온 아버지는 노인성 질환을 앓으면서도 주변 사람들을 여전히 힘들게 하고 있었다. 서로 존중하지 않고 의무와 속박만 가지고 사는 가족이라는 관념어를 나는 억지로 달고 싶지 않았다. 아버지는 여지껏 친구들을 가족 삼아 살아왔다. 초연결시대로 접어들면 착한 사마리아인이 우리의 가족이 될 것이다. 아버지는 시대를 예견한 것일까.

○

소녀의 문

고향땅을 둘러싸고 있는 남강은 고요했다. 마음을 뒤
흔들어 놓을 것은 아무것도 없었다. 나에겐 그저 낯선 도
시였다. 아주 오래 전에도 그랬다. 꿈이 없는 이 낯선 거
리에서 나는 무엇도 할 수 없을 것만 같았다. 겨울이 혹독
할수록 봄은 희망차다지만 얼어붙은 가슴만 남은 유년이
었다.

강변을 따라 걸었다. 나는 강의 한 귀퉁이에 버려진 채
죽어가는 사람들 속에서 한 소녀를 보았다. 과거의 그 소
녀는 미움도 사랑도 없는 동물의 모습으로 죽음을 향해
한 걸음 한 걸음 내딛고 있었다. 하늘은 슬픈 회색이었다.

벌판에 떨고 있는 소녀의 어깨를 살며시 안아주는 것이 있었는데 그건 어둠이 내린 텅 빈 공간이었다. 이런 상처 정도는 몸의 장식처럼 있는 것인데 정작 그것을 이길 수 있는 마음은 왜 그렇게 작았던 것인지……. 가슴에 쌓인 슬픈 기억은 세월과 함께 지워지는 듯싶더니 가끔씩 일상 속에서 나타나곤 했다.

우리 안에 있는 권력의 본능은 자신보다 더 착한 상대를 만나면 여지없이 발동한다. 착한아이 콤플렉스가 있었던 나는 종종 사람들의 먹잇감이 되곤 했다. 권력에 파괴된 마음은 어린 시절을 힘들게 했다.

중학교 때 뺨순이라고 불렸던 수학 선생은 수업시간에 수학책 없이 출석부 하나만 들고 들어왔다. 그 선생에게 한 번도 맞지 않은 아이는 없었다. 여학교인데도 그 남자 선생은 꼭 아이들의 뺨을 때렸다. 얼굴은 자존심과 창피함을 가장 크게 느끼는 부위다. 일부러 그걸 겨냥한 것 같았다. 그래야 수학 성적이 오를 거라는 얄팍한 계산에서 나온 발상임을 아이들은 다 알고 있었다. 수학 시간에 문제 하나 못 풀었다고 뺨을 처음으로 맞았을 때 나는 더는 사회의 평균값으로 살지 않기로 했다.

어릴 때부터 나는 흔적도 없이 사라져 버리는 삶에 대해서 자주 생각했다. 무엇이 잘못인지도 모른 채 그들의 희생물이 되고 마는 현실을 벗어나기 위한 방법을 찾아야 했다. 또래 아이들의 관심사보다 인간 본질에 대한 의문을 찾기 위해 책을 읽고 생각하며 시간을 보냈다.

눌려 있던 내 안의 에너지가 언젠가부터 꿈틀거리기 시작했다. 알을 깨고 나온 나는 내가 스스로 움직이는 우주라고 생각하니 과거가 시간의 벽에 부딪혀 죽어가는 것이 보였다. 죽지 않은 과거가 가끔씩 문 밖에 찾아와 들어오려고 사정을 했으나 나는 문을 열어주지 않았다.

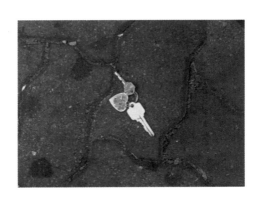

○

불안정한 자유

호적에 나이가 한 살 많게 올라가 있는 바람에 취학통지서가 1년 빨리 나왔다. 그래서 부모님은 내가 일곱 살때 학교에 보냈다. 무슨 생각으로 그랬는지는 기억이 나진 않지만 주변의 증언으로는 처음부터 내가 등교를 거부했다고 한다. 부모님과 언니가 한 달 동안 온갖 회유와 협박을 했지만 결국 손을 들고 말았단다. 그래서 다음해에 다시 입학을 하게 되었는데 아무 문제없이 학교를 잘다니더라는 것이다. 이 이야기는 성장하는 내내 꼬리표처럼 따라다녔다.

초등학교 때 꿈이 뭐냐고 물으면 나는 학교 선생님이

되지 않는 거라고 말했다. 70년대의 학교 현실을 겪어본 사람들은 알겠지만 부유한 집안의 아이는 우대받고, 별 볼일 없는 직업을 가진 부모를 둔 아이들은 늘 주눅이 들어 있었다. 물건이 없어지면 가난하고 힘없는 아이들을 도둑으로 몰고 가고, 국민교육헌장을 암기시키는 학교 선생님이 곱게 보이진 않았던 것 같다.

꿈은 쉽게 이루어졌다. 제도권과 늘 거리를 두고 산 덕분에 세상을 넓게 볼 수 있었다. 원할 땐 언제든 어디로든 갈 수 있는 자유가 있었지만 대신 안정된 삶은 포기해야 했다.

연암 박지원은 소과시험에서 장원을 차지할 만큼 인재였지만 관료주의에 대한 환멸을 느끼고 더는 과거시험을 보지 않았다. 관직이 없어 백수로 살던 연암은 친척형을 따라 열하를 가게 되었다. 조선사절단 자격으로 가지 않았기에 자유롭게 저잣거리의 사람들과 어울릴 수 있었고, 『열하일기』와 같은 글이 나올 수 있었다.

연암처럼 자유롭게 삶을 여행하듯 살려면 예나 지금이나 안정된 생활 안에서는 힘들다. 김수영 시인도 그랬다. 자유에는 피의 냄새가 섞여 있다고.

○

타협 없는 투쟁

부모를 일찍 여의고 일찌감치 공부 길에서 멀어졌던 아버지는 자식들이 공부를 잘해서 좋은 대학을 가는 것이 자신이 애써 모아둔 자금을 빼앗아가는 것이라 생각했기에 나의 대학 진학은 엄청난 투쟁이었다. 나는 집에서 먼 서울로 가고 싶었지만 언니의 도움으로 간신히 부산의 국립대학으로 갈 수 있었다.

대학 면접시험 때 면접관이었던 학과장은 내가 지낼 곳이 없다고 하자 수녀원 기숙사를 추천해 주었다. 학교 기숙사가 지어지기 전이라 학교를 다니려면 자취를 해야 했기 때문에 반가운 소리였다.

대학은 나에게 해방구였다. 나는 집을 떠나게 되면 해결될 거라 믿었던 것들을 해나갔다. 학교 공부는 내겐 의미가 없었다. 학교 옆 사회과학서점을 들락거리면서 사회 구조적 모순에 대해 눈을 뜨기 시작했다. 교문에서 하는 불심검문에 충혈된 내 눈은 더 푸른 세상을 보려고 했다. 민주화 요구가 거세었던 80년대 초 나는 새로운 사상을 만나 사회를 개혁해서 더 나은 세상을 만드는 것이 대학생의 역할이라고 생각했다.

교수들은 학생들을 관리하는 데 애를 먹었다. 때로는 달래고 때로는 협박하며 운동권 학생들과의 관계를 이어갔다. 운동권 학생들에게는 장학금도 지급되지 않았는데 학과장은 내가 시 장학금을 받도록 해주었다. 아버지에게서 매달 받는 돈이 부족했던 터라 학과장의 선의는 고맙기만 했다. 학과장은 시위가 발생하면 늘 나를 붙들어 두려고 위치를 추적했고, 조교를 시켜 교수식당에서 밥을 먹자고도 하고, 조교를 따라나섰다가 사우나에서 교수와 알몸으로 만나기도 했다.

학과장은 4년 동안 나에 대한 기대를 포기하지 않았다. 나는 그런 학과장의 인간성에 감탄했지만 정의롭지 못한 사회 문제를 외면할 수는 없었다. 나는 장학금 외 교수가 제안한 어떤 것에도 타협하지 않았다.

학과장은 졸업 후에도 직장을 추천해 주었다. 나는 끝까지 챙겨주는 학과장이 고마웠지만 그 길을 가고 싶지 않았다.

○

핏빛으로 물든 청춘

겨울을 재촉하는 비가 내려 몇 안 남은 낙엽을 일거에 떨어뜨린다. 이제 나무도 나도 겨울에 묻힐 준비를 한다. 그럼에도 겨울이 두렵지 않은 이유는 젊은 날 불타올랐던 열정이 불씨를 남긴 탓일까.

나는 새로운 시대로 접어드는 골목에서 보이지 않고 만져지지도 않는 민주와 혁명을 지독하게 숭배하고 사랑했다. 그래서 내 청춘의 일기장은 온통 핏빛이다. 적어도 지성인이라면 자본주의를 깨부수어야 한다고 생각했다. 소유하지 않기 위해서 애썼고, 다수의 행복을 위해 내 자유를 바쳐야 한다고 믿었다. 퇴색된 하늘과 땅의 색깔이

청춘의 마음에 스며들었고, 공허한 벌판에서 분노하며 떨었다. 개별적 인간으로서 스스로 사장되고 있다고 느끼면서도 '~주의'에 갇혔다.

대학을 졸업하고 서울이라는 무대를 엑스트라 연기자처럼 조심스럽게 걸었다. 두 아이를 감싼 여인이 노점상 철거대책에 생존권을 부르짖으며 알몸으로 항거했다는 이야기를 듣고 무력하기만 한 내 자신이 부끄러웠다. 노동자들이, 농민들이 그렇게 목숨을 걸고 해방을 외쳐도 세상은 그대로였다.

사회 변혁에 앞장섰던 친구들도 찬바람에 이리저리 흔들리다 그들의 세계로 떠나갔다. 나 역시 바람에 흩날려 가는 용기를 붙들 힘이 없어져 갔고, 갈림길에 섰다. 한 가지 길에 대한 확신이 절대적으로 필요했다. 이것저것 모두 할 수 있다는 자만심은 청춘을 패배의 늪으로 몰아갔다. 실존하고 있는 것은 오로지 나 자신뿐이었다.

조직은 하나 하나의 건강한 세포로 구성된다는 단순한 사실을 망각하며 살았다. 내 세포는 태어남과 동시에 파괴되었고, 사회에 감염되면서 새로운 세포로 대체해 나갔다.

○

프레임

　대학을 졸업하고 그 어느 쪽 구조 속에서도 견뎌낼 자신이 없었던 나는 민족미술학교 자료집 편찬에 참여해보겠냐는 제의에 흔쾌히 수락했다. 집에만 있다 보니 머리는 녹슬고 무언가 할 일을 만들어야겠다는 생각으로 여기저기 전화를 돌려 내 존재를 알려둔 터였다. 미술에 대한 관심은 오랫동안 멀리했음에도 불구하고 옅어지지 않았다.

　소장과 같이 일하다보니 자연스레 술자리로 이어졌다.

　"사람들은 일정한 나이를 넘어서면 정해진 방식대로 행동하는 것 같아요."

소장에게 술을 건네며 내가 무심결에 던진 말이다. 소장은 내가 건네주는 술잔을 받으며 말했다.

"오랜 시간에 걸쳐 생긴 습관을 어떻게 갑자기 없앨 수 있겠어."

"노예 근성을 못 버려서 무조건 받아들이는 거잖아요?"

"누구나 자기 프레임을 짜놓고 세상을 보지. 어떤 사람에겐 어려운 것이 어떤 사람에겐 기회가 될 수도 있어. 다양성을 인정해야 되는 거야."

그렇다. 사회 경험이 부족했던 나는 책에서 배운 것을 성급하게 내 자신에게 구겨 넣으려고 하고 있었다. 삶을 좀 더 높은 곳에서 보았더라면 힘이 생겼을 텐데 일정한 틀에 갇혀 나도 머리가 시키는 대로 하고 있었다. 사회의 찬바람에 뿌리마저 뽑혀버릴 것 같은 위태로움 속에서 살아가고 있던 나는 세상이 나를 원하지 않아도 그 속에 뿌리박히고 싶었다.

시계추가 한쪽으로 크게 흔들리면 그 반대쪽도 같은 너비만큼 움직이게 된다. 당시의 내 몸은 미래를 생각하는 것조차 벅찼고 그러다보니 그 상처에 패배감이 스며들었다. 니체는 인간이 고통 그 자체보다도 그 고통이 의미가 없다고 느낄 때 더 괴롭다고 했는데 당시 나에게 그 고통은 아무 의미가 없었다.

하지만 살아가면서 고통은 파멸적인 상황에서 나 자신을 지켜주는 힘이 된다는 것을 자각하게 되었다. 인생은 흔들렸던 것만큼 좋은 방향으로도 크게 흔들렸다.

꿈은 원래 이루어져 있는데 신은 그것을 잡을 자유의지만 준 것이었다. 인생에 도전이 필요한 이유가 있었다.

○

현실적 선택

서울로 올라오기 전 합천 고향집에 잠시 머물고 있던 민숙을 만나러 갔다. 스스로 지주의 딸이라고 하며 자기 아버지를 경멸하던 친구였기에 그녀의 아버지가 어떤 사람인지 궁금했다. 평상에서 수굿하게 마늘을 까고 있던 민숙 아버지가 고개를 들면서 반가운 미소를 지었다. 민숙이 평소 말하던 모습과는 너무 다른 느낌이었다.

민숙은 아버지에게 해인사에 갔다 오겠다고 말하고는 내 팔짱을 끼었다. 나는 동성애자가 아니라면서 팔을 빼려 했지만 한 번 걸리면 어림없다는 투로 민숙은 팔을 놓지 않았다. 민숙은 대학시절 문학모임에서 사귄 친구다.

가을 단풍이 내려앉아 붉게 물이 든 홍류계곡을 따라 걸었다. 산사의 풍경은 속세와 타협하지 않았고, 번뇌의 구름도 햇살에 녹아들었다.

　약수암을 나오면서 나는 민숙에게 말했다.

　"난 서울로 갈 거야."

　"뜬금없이 서울엔 왜 가?"

　"이제 더 이상 집에 못 있겠어. 일단 서울로 가서 무얼 할지 생각해 볼 거야."

　"참 대책 없다. 그냥 취직해."

　"너는 뭐할 건데?"

　"난 진영 씨하고 결혼할 거야."

　"언제?"

　"곧."

　"결혼하면 뭐할 건데?"

　"학교 앞에서 술집이나 해야지."

　"술집?"

　"나는 주모를 하고, 그이는 그림 그리고. 손님들은 뭐 뻔하지."

　민숙은 학교에서 가난한 화가를 만났다. 나도 잘 아는

선배 화가였다. 두 사람은 대학 교정에서 걸개그림을 그리고 시화를 만들다가 만나게 되었다. 나는 민숙이 왜 그를 선택했는지 이해가 되지 않았다.

"나는 너처럼 그렇게 살 수 없어. 난 늘 내 안에 무언가를 해야 한다는 강박이 있거든. 그것 때문에 일상을 살아가기가 힘들어. 그것이 무엇인지 확실하지도 않으면서 난 그걸 좇고 있는 것 같아."

"네가 생각이 많아서 그래. 사는 건 원래 간단한 거야. 나 봐. 그냥 좋아하는 사람하고 사귀고, 결혼하고… 별 거 있겠니?"

우리는 시대의 깊은 고민 속에서 만났지만 사회와 맞닥뜨리니 현실적인 것들과 싸워야 했다. 선택은 각자의 몫이었다.

○

어미 같은 그녀

　서울의 후미진 골목, 공동화장실이 있는 쪽방에서 나는 신혼을 보냈다. 어설픈 희망조차 발끝에 채이지도 않는 바람찬 세상 앞에서 달랑달랑하던 생계비마저 끊어졌다. 그 와중에 공포정치에 쫓긴 수배자까지 쪽방에 찾아들었다. 그에게 허름한 자리를 내어준 다음날 가을비에 집마저 잠겼다. 자유를 누린 형벌로 잠시 고생했지만 영혼은 성장을 멈추지 않았다.

　문인들의 집에 들어가지 못하고 문 밖에서 서성거릴 때 한 소설가가 연탄 옆에 야채 한 봉지를 슬며시 놓고 갔다. 직업에 배반당해 갈 길을 잃었을 때도 어미 같은 그녀는 자신의 황새울 집에서 푸릇한 내일을 이야기해주었다. 세월이 희망으로 타오르고 생명이 태어났을 때도 그녀는 책을 불태운 아버지 대신 출산을 축하하러 와서 병원비를 보탰다.

갈바람 후드득 스치고 계절은 돌고 돌아 햇볕 한 모금 없는 삶에도 한 줄기 빛이 들어 그녀에게 빚을 돌려주려고 했지만 그녀는 한사코 거부했다. 그녀는 멈춰선 사람들을 평생 뒷바라지했고 남편마저 병들어 거둬야했다. 그녀가 늘 바라던 것은 평범한 행복이었지만 남편과의 키 차이만큼 그녀의 행복은 멀리 있었다. 그렇게 세월이 흘러 세상을 한 바퀴 돌아 나오는 동안 그녀도 어느덧 백발이 되었다.

그러던 어느 날 문득 속보가 날아들었다. 그녀를 그토록 힘들게 했던 키 큰 남자가 우주로 꽃구경을 떠난 것이다. 낙숫물 뚝뚝 떨어지는 그녀의 소설과 그 남자의 철 없는 웃음, 둘 사이에 피어난 솔향기 모두가 그리운 날이었다.

○

새장 속의 아이들

95년 겨울 북한산 자락 수유동은 칼바람이 매서웠다. 딸아이가 태어나고 7개월이 지난 뒤였다. 출판사 일을 접어 생계가 위태로운 상태였다. 자식을 키우면서 할 수 있는 일을 찾다가 아이들에게 글쓰기 가르치는 일을 시작하게 되었다. 남편도 힘을 보탰다. 사단법인의 부설기관이라 영리 목적보다는 교육에 대한 철학을 세워나가는 것이 필요했다.

초등학교에 다니던 아들이 학교 갔다 오면 딸에게 우유를 먹이고 기저귀를 갈아주며 동생을 돌봐주었지만 아이를 떼어놓고 나오니 마음이 편할 수는 없었다. 처음에는 아이가 크면 다른 일을 할 거라 생각했다. 그렇게 시작한 것이 벌써 25년이나 되었다.

중2 무렵이면 아이들은 새장 밖으로 날아가고 싶어 하지만 부모는 물질적 풍요를 제공하며 그 자리에 있으라고 한다. 아이들은 부모가 계속 돌봐줄 거라고 믿지만 고3이 되면 갑자기 새장에서 나와 날아보라고 한다. 스무 살이 되면 저절로 날아오를 줄 알았던 아이들은 날개를 퍼덕여 보지만 날 수가 없자 우울에 빠진다.

나는 누구인가에 대한 고민에 빠진 아이들은 누구에게 물어도 만족스러운 답을 찾을 수가 없다. 아이들은 자신을 친구들과 비교하고 열등감에 시달려 스스로를 사랑하는 법을 잊는다. 자신의 내면을 들키면 모두가 떠날 거라는 불안감에 상처를 숨기기에 바쁘다.

나는 아이들의 마음을 열게 하기 위해서 여행이 필요하다고 생각했다. 여행지에서 아이들은 아무에게도 말하지 못했던 비밀들을 털어놓기 시작했고, 나는 적잖이 충격을 받았다. 겉으로는 평범해 보이는 아이들이었지만 그 속에는 곪아가는 상처가 있었다. 아이들의 글에서 자해, 왕따 등의 청소년 문제와 부모와의 갈등이 적나라하게 드러났다.

　나도 어렸을 때 고민을 나눌 사람이 없었기에 아이들의 심정을 이해할 수 있었다. 아이들은 각자의 용기만큼 고민을 풀어냈고 나는 그 문제를 풀어주려고 노력했다.

　실마리를 찾은 아이들은 대부분 자신들의 세상을 찾아 떠났지만 집착이 강한 몇몇 아이들은 새장에서 떠나기 두려워하는 새처럼 내 곁에 끈질기게 붙어 있었다. 그 아이들은 새로운 보금자리를 찾았다는 듯이 집에도 들어가지 않으려 했다. 나는 측은지심 때문에 아이들을 내칠 수가 없었다. 집밥을 먹지 못하는 아이에게 요리를 해주고, 매일 똑같은 옷을 입고 다니는 아이에게는 옷을 사주고, 심지어 대학생이 된 아이에게 일자리까지 제공했다.

　그렇게 몇 년이 흘렀고 아이들의 집착은 겉잡을 수 없이 커졌다. 자신의 가족으로부터 받지 못한 사랑을 내 가족으로 들어와 채우려고 했고, 내 자리까지 넘보았다. 내 갈 길을 막는 집착을 어쩔 수 없이 밀어내야만 했다. 새장 속의 새들은 모두 멀리 날아가 버렸고 새장에는 나만 남았다. 나도 오랫동안 접어두었던 날개를 펴고 새장 밖으로 날아올랐다.

○

우연한 만남

겨울추위가 느닷없이 찾아온 어느 날, 원고 교정지를 들고 출판사로 가고 있는데 웬 중년 여성이 나를 불렀다. 길을 가다 보면 모델하우스 전단지를 든 아주머니나 종교인들이 종종 불러 세우기 때문에 그냥 스쳐지나가려 했다. 그런데 그녀가 나의 신상을 꿰뚫고 있었다. 나는 깜짝 놀라 그 여성을 뚫어지게 쳐다보았다. 아무리 생각해도 얼굴이 기억나지 않았다.

그녀는 나와 같이 했던 추억들을 하나하나 풀어놓았다. 듣다보니 그녀가 기억나기 시작하면서 그녀와 나 사이에 연결된 끈이 보였다. 대학교 때 꽤 친했던 같은 과

친구였다. 내가 서울로 올라오면서 친구와 멀어졌는데 30년이 흘러 중년이 되어버린 지점에서 다시 만나게 된 것이 신기하기만 했다. 출판사와의 약속 때문에 긴 얘기를 나눌 수 없어 다음날 만날 것을 약속하고 헤어졌다. 그날 밤 저녁에 그 친구를 생각하다 보니 추억이 새록새록 올라왔고 그 친구와 함께 벚꽃축제를 갔던 것까지 기억났다.

다음날 공원이 내다보이는 카페에서 친구와 식사를 하고 차를 마시며 이야기를 나누었다. 친구는 내가 까마득히 잊고 있었던 친구들 사진까지 보여주었다. 학창시절의 친구들을 그녀는 아직도 만나고 있었다.

아버지가 책과 앨범을 불태워서 내겐 학창시절의 기억을 들추어낼 수 있는 것은 아무것도 없다. 그 덕분에 나는 늘 새로운 삶을 살 수 있었다. 간혹 과거의 불편한 감정이 불쑥 튀어 올라오기도 했지만 그것마저 싹싹 지워버렸다. 나는 이미 발생한 과거의 분명한 사건도 바꿀 수 있다는 양자물리학의 지연된 선택 실험을 하고 있었던 것이다.

우수한 성적으로 학교생활을 열심히 했던 친구와 달리

나는 자취방에서 시위에 뿌릴 선전물을 제작하며 학창시절을 보냈다. 친구는 당시 내 자취방에도 온 적이 있다고 했는데 기억이 나지 않았다.

갈등과 대립의 여름을 지나 만난 친구는 갑상선암을 이겨내고 지금은 혈액암을 앓고 있다고 했다. 아이들은 전문직을 가져 잘살고 있고, 남편 덕에 사회생활을 한 번도 하지 않고 살아왔지만 남편과는 수십 년째 주말부부로 지내고 있어서 마음이 허전해지면 차를 몰고 가끔씩 근교를 왔다갔다 하면서 살고 있다고 했다. 내 삶과는 전혀 다른 길을 살아온 것 같았다.

공원을 걷는 사람들 어깨 위로 가을꽃이 떨어지고 있었다. 어깨의 견장이 있건 없건 열심히 살지 않고 추억 없는 사람은 한 명도 없다. 견장은 그 사람을 잠깐 돋보이게 할 뿐 가을바람은 애써 지켜온 그것마저 사정없이 떨어뜨린다.

친구와 헤어지며 다시 만날 것을 약속했지만 지켜질지는 모르겠다. 친구는 또다시 추억 속으로 걸어 들어가고 있었다.

잃어
버린 것들

○

그림자를 껴안다

불금의 맥줏집은 떠들썩했다. 생맥주 한 잔과 감자튀김 몇 조각으로 편집자와 책 출산의 시원섭섭함을 서로 이야기했다. 대화를 하는 건지 소리를 지르는 건지 사람들은 잔뜩 화가 나 있는 듯했다. 금연구역에는 재떨이만 있을 뿐 창문도 열 수 없었다. 이십 대로 보이는 남자 두 명과 삼십 대로 보이는 남자 세 명 모두 담배를 피우면서도 얼굴 표정은 바뀌지 않았다. 남자 세 명이 왈칵 문을 제치고 나오면서 따라 나온 담배연기가 홀 안에 퍼졌다.

삶의 전환기에 이르러 그동안 묵혀 두었던 것을 책으로 내보냈다. 그저 마음이 머물러 있지 않기 위해서 나는 작동했다. 잃어버린 나를 찾아서 길 위의 예술가들을 만났고, 삶의 근원에 대해 고민했던 작가들의 삶을 따라 작가 여행을 떠났다. 강의를 하러 가거나 살면서 지나가는 도시에서 사람을 풍요롭게 하고 힘들게 하는 것은 무엇인지 소소여행을 하면서 느껴보기도 했다. 여행가로 살려고 했던 건 아닌데 여행 책들을 쓰고 나서 보니 내 삶은 온통 여행의 연속이었던 것 같다. 생계를 위해 25년 간 해왔던 글쓰기 교육조차 상처받은 아이들과 함께하는 영혼의 여행이었다.

내 안에 있던 이 모든 것들을 세상에 내놓고 맥주를 마신다. 한참 모자라는 책을 읽어줄 사람은 몇 없겠지만 내가 본 것을 이야기하고 싶었다. 빛을 쫓아가다가 그림자부터 보았다. 삶은 어둠과 빛의 순환이다. 인생에 빛만 가득할 수는 없다. 어둠이 있어야 빛이 보인다. 맥주 한 잔을 마시며 나는 내 그림자를 꼭 껴안았다.

○

쥐불놓기

지금 나는 책 한 권을 제대로 읽기가 어렵다. 생각은 책 밖에서 서성거리고 근원에 대한 의문은 생각 밖에서 나를 부르기 때문이다. 그 의문을 찾아 헤맨 시간은 참으로 길었다. 하지만 파우스트의 고뇌처럼 받아들이지 않으려고 몸부림칠수록 책은 더욱 내 옷자락을 당겼다.

독재정권에 맞서는 학생운동이 한창이던 시절 나는 단과대학 교지 편집장이었다. 학과장은 교지에 실릴 글을 검열했고 학생들을 선동하는 내용은 실을 수 없다고 했다. 이에 굴복할 수 없었던 나는 백지 투쟁을 했다. 삭제 요청을 받은 글이 실릴 면에 아무 활자도 박지 않고 출

간한 것이다. 학과장은 노발대발했고, 학생들은 박수를 쳤다.

그 다음부터 나는 학과장을 피해 다녔다. 아버지로부터 학과장이 집으로 전화를 했다는 말을 들었다. 훗날 알고 보니 학과장은 전화만 한 것이 아니라 아버지를 만나러 고향까지 찾아왔었다고 한다. 아버지가 내 책을 몽땅 불태운 것도 그것과 무관하지 않을 터였다.

그 뒤로도 책과 묘한 인연을 이어나갔다. 2년 전에 나는 삶의 무게에 지쳐 책마저도 짐처럼 느껴졌다. 그래서 가지고 있던 책 전부를 옆집 아주머니에게 줘버렸는데 몇 달 뒤 눈앞에 보이는 게 책밖에 없는 도서관에서 상주작가로 일하게 되었다.

몇 주 전에도 배본사에 보관된 내 책이 모두 불타버렸다. 신간은 나오자마자 재가 되어 허공으로 흩어졌다. 나는 금전적 손실보다 이 사건이 내게 어떤 메시지를 주고 있는 것인지 곰곰이 생각해 보았다.

사람은 살아가면서 수많은 정보를 받아들이며 살아가고, 한 번 정보가 들어오면 그것을 버릴 수 없는 뇌구조를 갖고 있다. 뇌는 용량 제한이 없어서 굳이 버릴 필요가 없는 것이다. 하지만 가끔씩 비워낼 때가 있다. 다른 것을 얻고자 할 때다. 다른 것을 받아들이려면 갖고 있는 것을 비워야 하는데 바로 지금이 그 때라는 생각이 들었다.

○

모래 위의 성

안정된 직업, 여유 있는 소득, 이런 기득권을 뒤집어보면 그 안에는 불안이 잔뜩 들러붙어 있다. 가진 것을 잃을까봐 마음 깊은 곳에서 불안이 올라오지만 겉으로는 자신의 삶이 견고하다고 믿는다. 그러다가 다른 사람이 그것을 툭 건드리면 민감해진다. 삶은 한갓 모래 위의 성에 불과하다는 사실을 인정하는 사람은 많지 않은 것 같다.

"이 일을 그만두면 뭘 해야 되지?"

밖에서 담배를 피우고 돌아온 후배 녀석이 자리에 앉으면서 말했다.

"일단 그만두고 생각해봐. 너 내가 백수라고 하니까 부러워했잖아. 너도 백수로 지내봐."

녀석은 그동안 나의 자유로움을 부러워했던 터라 직구를 날렸다. 사실 맞는 말이다. 하고 싶다고 생각하면 하면 된다. 평생 스스로를 억누르며 살아왔으니 한 번도 하고 싶은 일을 못한 것이다. 그러니 돈을 벌어도 행복하지가 않은 것이다.

"가장으로서 무책임하게 어떻게 그럴 수 있어?"

"누가 너에게 가장의 책임을 지라고 한 거야?"

"……."

"네가 선택한 거잖아."

"……."

나 역시 아무도 내게 가장의 책임을 지라고 한 적이 없다. 선택지는 많았는데 내가 그것을 선택한 것이다. 전업주부로 살아도 되었는데 가난한 사람을 만나 결혼했고 가장 노릇을 했다. 돈 때문에 자존심을 굽힌 적도 많았다.

"한번 떨어져봐."

느닷없는 내 말에 술잔을 들던 녀석이 눈을 동그랗게 떴다.

"무슨 말이야?"

"백척간두라는 말 몰라? 매달린 절벽에서 손을 뗄 수 있어야 제대로 사는 거지. 절벽도 집착이야."

"선배는 그래 본 적 있어?"

"지금 그러고 있어. 그저께 내 책이 보관된 창고에 불이 났거든."

"정말이야? 그럼 어떻게 되는 거야?"

"어떻게 되긴. 난 이대로 있잖아."

"……."

녀석은 그 말을 듣더니 나를 위로한답시고 빈 잔에 술을 따랐다. 옛날 같았으면 나도 힘들었을 텐데 나이테를 두르면서 나도 내가 하나의 든든한 나무임을 알게 된 것이다.

집에 가기 싫다는 녀석을 보내고 지하철 막차를 탔다. 막차를 타는 것은 습관의 노예가 된 세포를 움직이게 하는 일이다. 삶이 안정적이라면 권태에 빠져 어둠속 창조의 에너지를 느끼지 못하고 살 것 아닌가. 사회의 가장 중심에 있어야 할 후배기자의 권태를 받아줄 수 있을 만큼 권태롭지 않아서 다행스런 밤이었다.

○

기억의 끝

오랜만에 부산에 들러 광안리 바닷가 모래사장에 앉았
다. 오래 앉아 있다 보니 내가 수천 가지 생명체와 함께
살고 있다는 생각이 들었다. 내 마음의 파도소리도 누군
가가 듣고 있지 않을까. 기억이 새로운 경험에게 비껴서기
를 바라면서 광안리에서 해운대까지 걸어가 보기로 했다.

내 사상의 근원지는 부산이다. 30년이 더 지났는데도
부산에서의 5년간 기억은 오랫동안 원본 그대로 있었다.
부모로부터 도망쳐 나와 사슬은 풀렸고 배움의 열망은
학교에만 머무를 수 없었다. 사회가 무엇인지 삶이 무엇
인지 도무지 알 수 없었을 때 부산의 거리에서 꿈틀거리

는 것을 찾아다녔다. 그러다가 제도교육에서 소외된 노동자들을 위한 야학 선생이 되었다. 야학 수업이 끝나고 수녀원 기숙사로 돌아오면 거의 자정이 다 되어가는 시간이었다. 사감수녀는 밤 9시가 되면 문을 걸어 잠갔다. 나는 학교와 연결된 쪽문의 철장을 넘어야 했고, 창문을 두드려 잠든 룸메이트를 깨워야 했다. 사감수녀는 일요일 아침에 미사를 보러 성당으로 오라고 했지만 현관문만 열면 성당이 보이는데도 나는 늦잠을 핑계로 가지 않았다. 당시 내 종교는 노동 현장에 있었다.

사회구조의 개혁을 꿈꾸었던 86세대는 현재 정치의 주도세력이 되어 있다. 기득권 집단이 되었는데도 그들은 피해의식이 있는 것 같다. 보수, 진보 같은 실체도 없는 오래된 관념어가 섞인 말들은 어딜 가나 삶을 짓누른다. 나는 내가 걸어왔던 길의 반대 방향으로 걸어가 보기도 했다. 길에서 뜻하지 않게 만나는 사람들에게 나를 내맡겼다가 오래되어서 굳은 신념의 덩어리에 맞아 내 가슴에 멍이 들기도 했다.

미래형 첨단도시를 꿈꾸는 센텀시티로 들어섰다. 과거 수영비행장이 있던 곳이다. 50년 동안 이곳에 있었던 수

영비행장은 일제가 노약자와 어린 학생들까지 공사에 동원해서 만들었다. 또 1984년에 요한 바오로 2세를 영접했던 곳이기도 하다. 그때 나는 그동안의 미안함을 만회하려고 사감수녀와 함께 이곳까지 걸어왔다. 환영 인파가 광장을 가득 메운 가운데 교황은 빛처럼 등장했다. 종교의 힘은 대단해 보였다.

바닷바람이 번뇌의 치마를 자꾸 들추었다. 과거의 흔적은 아무것도 없었다. 시간은 공간을 덮고 기억은 흐릿해져 갔다.

소통과 만남의 장이었던 길은 주차장이 되었다. 사람을 위한 길은 없었고 자동차가 지나가도록 가장자리에 비켜섰다가 다시 걸어야 했다. 그러다보니 어느새 문탠로드에 이르렀다. '달맞이길' 이라는 예쁜 이름이 영어로 바뀌어 버렸다. 아마도 달을 맞으러 가는 여유가 없는 사람의 발상일 것이다.

달은 어디로 갔는지 보이지 않고 어둠만 휘돌고 있었다. 앞선 달이 죽고 새로운 달이 태어나고 있었다.

잃어
버린 것들

2부

나를
찾아 떠난
여행

●

절집 가는 길

심야버스에서 내리니 너무 이른 시간이었다. 딸의 위
패를 봉안한 절집까지 9km나 되는 거리였지만 여행하
듯 새벽길을 걸어 보기로 했다. 칠월칠석날 견우와 직녀
가 오작교에서 만나는 것처럼 생과 사를 잇는 다리의 끝
지점에서 나는 딸을 만난다는 설렘으로 걷기 시작했다.
도로, 강, 벤치, 나무들이 말을 걸어 왔고, 여느 때보다 큰
보름달이 머리 위에서 둥그렇게 길을 열어 주었다. 하늘
에 뜬 달은 어둠을 밀어냈고, 가끔씩 자동차 불빛은 도깨
비불처럼 옆으로 휙휙 지나쳤다. 걷다 보면 길이 끊겨 활
처럼 휘돌아 갔고, 높은 언덕은 발목을 시리게 했다. 멀리

서 개 짖는 소리가 들려왔다. 어릴 때 개한테 물린 기억이 있어서 촉수를 세웠다.

야트막한 산 아래에 위치한 비구니 절집은 딸아이가 한 번씩 놀러 오기 좋은 도량이다. 12년 전 금강에 딸의 유골을 뿌리고 난 얼마 후 딸이 좋아할 만한 절을 우연히 알게 되었다. 허전한 마음을 달래려고 이 절에서 2주 가량 머물면서 매일 아침 토함산 위로 떠오르는 해를 보며 떠나간 아이를 위해 기도를 했다. 염주를 천 번 돌리라는 스님의 말을 나는 천 배로 알아듣고 법당에서 천 배를 했다. 가슴 밑바닥의 슬픔이 올라와 울컥할 때면 절 뒤편 산으로 올라가 슬픔의 덩어리를 묻고 내려오곤 했다. 별이 쏟아지는 하늘 속에서 나도 언젠가는 가야 하는 하늘 길을 찾아보기도 했다. 그렇게 스스로를 부정하면서 시간을 보냈다.

빈속을 달래려 편의점에서 컵라면을 먹었다. 지루함을 날리려고 아르바이트생에게 농담을 걸기도 했다. 시간이 없었다면 볼 일만 보고 나갔을 편의점에서 긴 휴식을 취하고 다시 장단지에 힘을 주며 어둠 속으로 들어갔다. 어둠 터널이 끝날 즈음에 새벽이 열리고 목적지에 닿을 것이라는 생각으로······.

　이정표가 보이지 않았지만 유턴을 싫어하는 나는 무조건 앞으로, 앞으로 발을 내딛었다. 여전히 달빛은 고고하고 풀벌레는 끝없이 울어 제치고 등줄기에는 땀방울이 맺혔다. 위로 오르다가 아래를 내려다보면 공포심이 느껴지고, 지나왔던 길을 되돌아보면 지치는 법이라 한 번도 뒤를 돌아보지 않고 동쪽을 향해 계속 걸었다. 한하운 시인의 '가도 가도 황톳길' 이라는 시가 떠올랐다.

　　　가도 가도 황톳길

　　　숨 막히는 더위뿐이더라

　　　낯선 친구 만나면

　　　우리들 문둥이끼리 반갑다

　　　천안 삼거리 지나도

　　　수세미 같은 해는 서산에 남는데

　　　가도 가도 붉은 황토길

　　　숨막히는 더위 속으로

　　　절름거리며 가는 길

무심코 흘려들었던 시가 내 처지 같았다. 어느새 새벽이 열리고 자연은 눈을 뜨기 시작했다. 시골길을 휴대폰으로 찍어 보기도 하고, 간이정류소에 앉아 오지도 않는 버스를 기다려보기도 하면서 인적 없는 길을 따라 걸었다. 날이 밝아질수록 도로를 휙휙 지나가는 차가 많아졌다. '보행자 사고 잦은 곳'이라는 팻말이 긴장감을 주었다. 세상과 사투해야 살아남을 수 있는 비극의 길이 펼쳐져 있었다.

그렇게 걷다보니 어느새 아침 안개는 머리를 적셨고, 눈썹은 노인을 만들었다. 저 멀리 어스름한 절집이 시야에 들어왔다.

●

지리산으로

　오롯이 혼자 풀어가야 할 삶이 버겁다는 느낌이 들었
을 때 누군가에게 기대어 울고 싶어서 지리산을 찾았다.
산의 이야기를 쉴 틈 없이 토해내는 계곡에 기대어 자연
이 들려주는 이야기를 가만히 들었다. 산은 산대로, 나무
는 나무대로, 물은 물대로 흐르고, 사람은 사람대로 흐르
고 있었다. 자연은 자신의 품속에 뛰어드는 사람들을 받
아들이지도 거부하지도 않았다. 여름은 더위를 품고 차
별 없이 그 열기를 뿌린다.

　자연은 말 그대로 그저 그렇게 존재하고 있다. 어떻게
살아야 한다는 규범이 없는 것이다. 자연은 원래 이름도

없는데 인간이 자연 앞에 붙이는 수식어는 수만 가지다. 물이라는 존재는 강물이 되었다가 구름이 되었다가 또 비가 되어 내리기도 한다. 어떤 형태로 바뀌고 어떤 이름을 붙여도 물이라는 속성은 바뀌지 않는다.

뜨거운 여름에 지리산 빛을 따라 섬진강 줄기 따라 나를 찾는 여행을 시작했다. 마음도 열고 몸도 열었다. 소나무가 우거진 곳에선 푸른 마음으로 흘러갔고, 뜨거운 태양 아래에선 그리움마저 녹아버렸다. 모든 것은 빌려온 것이고 내 것은 원래 없는 모양이었다.

지리산을 돌다가 한 노인을 만나 차를 나누었다. 한때는 스님이었을 노인은 나를 배웅하며 흙탕물이 가라앉는 시간 동안 기다리라고 했다. 경험이 풍부한 노인들은 곤란한 일에 부딪혔을 때 항상 급히 서두르지 말고 내일까지 기다리라고 말한다. 노인은 시간의 비밀을 알고 있는 것이다.

마음은 언제나 상황을 바꾸려고 하지만 모든 일은 정해진 순서대로 진행된다. 몸속 세포에게 분열하라고 하지 않아도 세포 분열은 이루어진다. 삶의 과정에서 다가오는 사람들을 모두 피할 수는 없었다. 사랑의 꽃을 피우고 시들어진 다음에야 흘러갈 수 있었다. 본능도 몸의 일부이고 부끄러움도 존재의 한 모습이라는 사실을 받아들이기로 했다.

놓아두었던 나를 붙잡고 삶터로 다시 돌아왔다. 두고 온 것도 없는데 무언가 자꾸만 생각났다. 이제 생각이 올라오면 올라오는 대로 내버려둘 작정이다. 산과 들이 오라고 손짓하지 않아도 가고 싶으면 언제든 갈 수 있다. 28년 동안 나를 사로잡았던 것들도 이제 물러갔다. 방황의 날들도 이제 아련해진다.

숨막히는 고통은 더는 없겠지만 새로운 문제들이 삶을 끊임없이 흔들어댈 것이다. 마주잡은 손마저 뿌리쳐야 하는 현실세계는 아직 어두운 밤이지만 지난 일들도 시간이 지나면 사라져갈 것이고, 남은 것은 씨앗이 되어 새로운 꽃을 피울 것이다.

●

새로운 생명

　도시 생활에 지친 몸을 이틀 동안 남해 미조항에 묶어 놓았다. 남해 어촌마을의 햇볕은 따가웠고 바닷바람은 찼다. 새소리와 바람소리만 들리고 방파제 아래 배들도 숨을 골랐다. 새들의 섬 조도에서는 갈매기가 높이 날아올랐다. 내 마음도 갈매기와 같이 하늘 위를 날았고 시간이 잠시 멈춘 듯했다.

　마을이 논 아래 있다고 해서 답하마을로 불리는 이 마을은 2천 년 전부터 사람이 살아온 곳으로 마을엔 대문이 없다. 이곳 사람들은 음력 정월 초하루날 조상에게 제사를 지내고 이튿날부터 바다에 나간다. 거친 바다에서 돌아와서 잠깐의 안식을 취하고 다시 바다로 향하는 삶의 연속이다. 바다는 그들을 놓아주지 않는 모양이었다. 삶의 바다에서 배를 타고 아무리 긴 여행을 한다고 해도 다가올 운명을 예측할 순 없을 것이다.

미조항의 바다장어는 펄떡펄떡 튀어올랐다. 육지의 덫은 그들의 꿈을 정박시켰다. 마지막이 될지도 모르는 그 펄떡거림에 항구에 묶인 느린 시간조차 절정의 비늘로 파닥거렸다.

수산시장 칼을 쥔 여장부는 익숙한 손놀림으로 재빨리 삶의 덫을 제거하고 있었다. 칼을 든 손은 죽음을 끔찍한 경험으로 만들지 않았다. 육신의 고통은 오직 영혼의 성숙을 위해서만 있는 것이라는 생각이 들었다.

바래길을 따라 걷다보니 길다란 벤치가 보였다. 벤치에 앉아 있다가 입고 있던 코트를 벗어서 덮고 누웠다. 누워서 하늘을 보니 가슴에 내려와 앉을 것처럼 가깝게 느껴지고 마음이 편해졌다. 이렇게 마음을 조금만 열어놓고 몸을 편안히 뉘이기만 해도 세상은 달라보이는데 그동안 가슴을 잔뜩 웅크린 채 살아온 것 같았다.

내 삶의 전반부는 그저 무의미한 왕복여행에 지나지

않아 보였다. 선택한 자유의지를 감당해 나가는 과정에서 수많은 번민과 고통이 따라왔고 스스로를 속박하며 괴로워했다.

나는 어디서 와서 어디로 가는지, 세상에 와서 숙제는 하고 있는지에 대해 늘 생각한다. 사람에게 상처 받았지만 인간의 애처로운 모습에 또다시 이끌려 실수를 연발해가며 살았다. 하지만 정신병자에게도 배울 것이 있고 거지에게도 배울 것이 있다고 하지 않던가. 바닷가의 자갈은 파도에 휩쓸리며 멍이 들지만 나중에는 빛을 낸다. 나는 가장 어두운 곳에서 멍이 들면서 성장하고 있었다.

파도는 하루에 70만 번이나 쳐서 늘 새로워지듯이 어제의 나는 지금의 내가 아니다. 더 큰 자유를 얻으려면 과거에 매이지 않아야 한다. 그렇다고 미래에 일어날 일에 마음을 두게 되면 또다시 욕망에 사로잡히게 될 것이다. 미래의 나도 지금의 내가 아니기 때문이다.

어느새 어둠이 몰려오고 있었다. 도시로 다시 돌아갈 시간이 되었다. 여행은 꼭 익숙해지려고 할 때쯤 작별을 고한다.

잃어
버린 것들

●

시간을 멈추다

작년에 KTX에 갇힌 적이 있다. 오후 7시 20분 포항에
서 서울행 KTX를 탔는데 1시간 30분 동안 열차가 출발
하지 않았다. 승무원들은 우왕좌왕 했고 승객들이 막연
히 기다리다가 물어보면 상황을 알아보고 있다는 대답만
할 뿐이었다. 포항에 있는 언니 집에서 자고 다음날 갈까
고민하고 있는데 옆에 대기한 열차가 먼저 출발한다는
방송을 하길래 열차를 갈아탔다. 잘못된 선택이었다. 열
차만 타면 예정대로 갈 줄 알았다. 고정관념이 종종 상황
을 그르친다.

　열차는 출발했지만 대구에 이르기도 전에 다리 위에서

멈추었다. 밤중이라 창밖은 어두웠고 승객들은 객차 안에 드문드문 앉아 있었다. 다시 승무원에게 상황을 물었더니 청주 오송역에서 전기 공급이 멈추어서 철로가 막히는 바람에 지체되는 것이라고 했다. 여태껏 KTX가 이렇게 지연된 경험이 없었기에 열차를 탄 사람들은 철도회사가 알아서 해주길 바랄 뿐 목소리를 내는 사람은 아무도 없었다.

선로는 그동안 정차된 열차가 순차적으로 빠져나가느라 몸살을 앓았다. 조금 달리는 듯하더니 밤 12시 30분 대전역에서 다시 멈추었다. 5시간째 고립이다. 이 시간이면 벌써 집에서 내일을 위한 준비를 할 시간이다. 빨리 가려고 초고속열차를 탔건만 정지된 시간을 즐겨야 할 운명이었다.

세 역을 지나오는 동안 사람들이 속속 빠져 나갔다. 동대구역에 내려서 포항으로 다시 돌아갈까 잠시 생각하다가 '인샬라!' 하고 마음속으로 외치고 시공을 벗어나니 그대로 자유로워졌다. 열차는 달리지도 않는데 나는 무엇 때문에 달리려고 했던가. 몸속 혈액은 내가 가만히 있어도 하루에도 몇 바퀴를 돌고, 뇌는 하루에 오만 가지 생

각을 할 것이다. 열차가 제 속도대로 달려서 서울에 도착
해도 집으로 가는 막차는 떠났을 터라 그렇게 조바심을
낼 일도 아니었다. 덕분에 내일의 시간을 일찍 만날 수 있
지 않은가. 택시비만 있다면 말이다.

　오른편으로 열차가 달리는데 내가 탄 열차는 여전히
멈추어 있다. 저 열차는 어째서 먼저 가는 걸까 생각하고
있는데 안내방송이 나왔다. 1시간 이상 열차가 지연되면
요금의 50%를 환불해 준단다. 4시간 연착인데도 같은
조건이다. 시간은 자본의 단위인데 적용은 전혀 자본적
이지 않았다.

　특실로 옮겼다. 시간을 버리니 특권이 주어졌다. 그때
휴대폰에서 메시지 알림 소리가 났다. 평소에 알림 소리
를 꺼놓고 잘 보지도 않는데 무슨 일인지 알림 소리가 들
렸고 심지어 반갑기까지 했다. 아는 사진가에게서 온 메
시지였다. 내가 상황을 설명하자 그는 메텔과 철이가 기
차 안에 있냐고 물었다. 마침 나도 어릴 때 본 만화영화
'은하철도 999'가 떠오른 참이었다. 이 만화는 의문의
여인 메텔이 철이에게 같이 여행을 하자는 조건으로 999
호의 승차권을 주면서 시작되는데 이 여행으로 인해 철

이는 기계인간을 꿈꾸지 않게 되었다. 원작자 마츠모토 레이지는 이 만화를 통해 영원히 죽지 않는 기계인간보다 따뜻한 심장을 가진 인간으로 사는 것이 훨씬 의미 있다는 메시지를 전하려고 했다.

시간은 꿈을 배반하지 않고 꿈도 시간을 배반하지 않는다는 마츠모토 레이지의 말대로 열차는 다음날 새벽 3시에 나를 서울역에 내려놓았다.

●

빗물에 씻긴 눈물

    딸을 잃은 먹먹함으로 한국에 있기가 어려워 호주 시드니에 사는 아들 집에서 3개월 동안 머문 적이 있다.

    아들 집 주변에 운동하는 사람이 눈에 많이 띄어서 아픈 허리도 풀 겸 가벼운 운동을 하려고 집 밖으로 나섰다. 비가 조금 내렸지만 하늘을 보니 서쪽에 있는 파아란 하늘이 이쪽의 먹구름을 밀어낼 듯했다. 도메인 공원 위로 올라가니 덩치 큰 젊은 남녀 백인들이 비를 맞으면서 해변을 따라 열심히 뛰고 있었다. 나도 오페라하우스까지 뛰어보기로 하고 그들을 뒤따랐다.

    한참을 뛰다가 문득 뒤를 돌아보았다. 쌍무지개가 그

림처럼 아들이 사는 집을 감싸고 있었다. 그렇게 선명한 무지개는 처음 보았다. 아들의 꿈도 저 무지개처럼 펼쳐졌으면 좋겠다고 생각하면서 다시 뛰었다. 비는 계속 내렸지만 마음은 시원했다.

집으로 돌아오는 길, 맥쿼리 총독 부인의 의자라고 불리는 돌계단에 앉아 태평양 바다를 바라보았다. 영국으로 가서 돌아오지 않는 남편을 기다리던 부인의 애타는 마음이 느껴졌다. 그리고 딸아이에 대한 사무친 그리움이 파도처럼 몰려왔다.

비가 더 세게 내리기 시작했다. 그러자 갇혀 있던 슬픔이 비에 씻겨 나가는 것 같았다. 이렇게 비를 맞고 다녀본 게 얼마만인지……. 비 맞고 운동하는 사람들도 많으니 옷이 젖어도 이상하지 않았다.

비가 그쳐서 잔디밭에 누워 하늘을 보았다. 별 아래에 살면서 왜 자주 하늘을 올려다보며 살지 않았을까. 나는 삶을 진정으로 만지고 맛보고 있는 걸까. 죽음과 삶의 문제를 끝없이 생각하고 밤을 지새웠지만 한꺼번에 슬픔을 다 겪고 한꺼번에 즐거움을 다 얻을 수는 없었다.

집에 거의 다 왔을 즈음 아들에게서 전화가 걸려 왔다.

하늘의 집에서 편안하게 쉬는 딸이 나침반이 되어 길을 잃을 염려가 없는데도 아들은 엄마가 바다로 나가면 걱정을 했다.

●

고흐의 별

푸른 바다와 하늘의 경계선이 없는 네덜란드 덴하그 스케브닝겐 해안은 모래사장이 길게 펼쳐져 있었다. 바닷물이 출렁이면서 모래사장 위를 올라온 물은 바람에 베여 거품을 물었다. 이곳은 빈센트 반 고흐의 〈스케브닝겐 해안의 전망〉이라는 작품의 배경지이다. 고흐는 시엔과 이 해안을 자주 거닐곤 했다.

고흐는 이미 딸아이가 있고 뱃속에 다른 남자의 아이를 임신한 시엔을 왜 사랑했을까. 사람은 동병상련에 잘 이끌린다. 고흐는 시엔의 상처받은 영혼이 자신과 비슷하다고 생각했을 것이다. 그는 진심으로 그녀의 아이들을 보살펴주었고 그녀를 사랑했다.

고흐의 아버지는 매춘부를 사랑했던 아들을 정신병자 취급했다. 시엔은 결국 매춘부 생활로 돌아가기 위해 고흐 곁을 떠나갔다. 고흐는 이 일로 동생 테오를 제외한 가족과 연을 끊었고 이후 지독한 가난에 시달렸다.

사회적 위신을 포기하고 영혼의 교감을 나누었던 고흐와 시엔에게서 나의 모습이 보였다. 나의 아버지도 가난한 예술가를 받아들이지 못했다. 나는 결혼식도 신혼여행도 없이 월세 10만 원짜리 단칸방에서 결혼 생활을 시작했다. 결혼 생활 28년 동안 남편과 아버지는 한 번도 만나지 않았다. 나는 그와 가장 기뻤던 순간과 가장 힘들었던 순간을 함께 했다. 하지만 그도 시엔처럼 떠나갔다.

고흐는 다양한 사물을 그리면서 무언가를 읽어내는 사람이었다. 고흐의 글은 그의 그림처럼 예리한 관찰과 생생한 이미지가 넘치며 일상생활을 군더더기 없이 묘사하고 있다. 그는 현실을 배척하고 사는 고독한 사람이 아니었다. 그의 두 발은 엄혹한 현실 위에 자리하고 있었고, 그의 눈은 언제나 예술을 향한 무한한 사랑을 담고 있었다.

프랑스 오베르 쉬르 우아즈에 있는 고흐의 무덤으로 가는 길 위에는 그가 말년에 그린 작품 〈까마귀가 있는 밀밭〉에 나오는 까마귀떼가 밀밭 위를 빙빙 돌고 있었다. 바람 부는 들판에 서 있으니 자유롭다는 생각이 들었다. 그동안 나는 스스로를 얼마나 구속해왔던가. 죽으면 고통을 느낄 수 없으니 살아 있다는 것은 아픔을 느끼는 것이다. 고흐의 죽음을 둘러싼 수많은 논쟁보다 나는 그가 그곳에서 어떤 마음을 가졌는지 알고 싶었다.

공동묘지로 가는 길은 마치 하늘로 올라가는 길 같았다. 햇살이 내리쬐는 공동묘지 한 귀퉁이에 고흐와 테오가 나란히 누워 있었다. 고흐는 고단한 삶을 내려놓고 왔던 길로 돌아갔고, 동생 테오도 곧 형을 뒤따라갔다. 고흐는 외롭지 않았다. 살면서 소울메이트를 만나는 건 쉽지 않은 일이다. 고흐는 테오에게 별까지 가는 길이라는 제목의 편지와 함께 〈별이 빛나는 밤〉을 보냈다. 고흐는 죽으면 별이 된다는 말을 믿었다. 고흐는 발작과 조울증으로 힘겨운 하루를 보낼수록 별에 가까워지고 있다고 말했다.

별이 빛나는 밤, 지난날 내 슬픔들이 빈센트 반 고흐의 자화상 속에 비쳤다.

잃어
버린 것들

●

가난한 행복

    이중섭이 생계를 위해 게를 잡았던 자구리 해안을 따라 걸었다. 그가 머물고 싶은 꿈처럼 멀리 섶섬과 문섬이 좌우로 바다 위에 솟아 있었다.

    6·25전쟁으로 피난민이 된 이중섭은 일본인 아내와 아들 둘을 데리고 서귀포까지 내려왔다. 먹을 것이 부족해서 바닷가에 나가서 게를 잡아먹었다는 얘기까지 더해지면 이중섭의 삶은 불행으로 점철된 것처럼 보이지만 오히려 그 반대였다. 그는 가족과 함께 1년간 머물렀던 1.4평의 공간에서 가난한 행복을 누렸다. 서로를 미워하면 도저히 견뎌낼 수 없을 공간에서 그는 삶을 일구어냈다.

아내를 일본에 보내고 홀로 한국에 남은 이중섭은 매일 아내에게 편지를 썼다. 천사 같은 아내를 그리워하며 쓴 편지 속엔 가족 그림이 꼭 붙어 있다.

필생의 걸작은 혹독할 때 탄생하는 것 같다. 그는 가족과 만날 날을 간절히 기다렸지만 결국 영양실조와 간염으로 41세에 생을 마감하고 말았다. 그의 글대로 삶은 외롭고 서글프며 그리운 것이다. 그렇지만 그는 황소처럼 맑은 두 눈을 열고 힘차게 뛰어나갔다.

자구리 해안을 걷다 보니 가난했던 내 신혼시절이 이중섭의 삶에 겹쳐졌다. 물질이 삶을 불행하게 만드는 것처럼 보이지만 정신의 풍요로움을 보태면 작은 행복이 만들어진다는 것을 알 수 있었다.

●

백석과 나타샤

　한양도성의 북쪽에 위치하고 있는 성북동은 오래된 담장들이 정겹다. 그래서인지 과거나 지금이나 예술가들의 감성을 불러일으킨다. 긴 겨울이 끝날 무렵 봄을 알리는 영춘화가 길상사 담벼락을 노랗게 장식하고 있었다.

　자야 김영한 사당은 길상사에서 눈에 잘 띄지 않는 곳에 있었다. 그곳은 자야만의 공간이라는 생각이 들었다. 대부분의 사람들은 법정 스님의 유골이 있는 진영각으로 올라간다. 백석 시인과 자야의 사랑을 아는 사람만이 이곳에 들러 두 사람의 애틋한 사랑 이야기에 빠져 건조한 눈을 촉촉하게 적시고 간다.

백석은 자야를 처음 만나자마자 대뜸 자기 옆으로 와서 앉으라고 했다. 그리고는 이렇게 말했다.

"오늘부터 당신은 나의 영원한 마누라야. 죽기 전엔 우리 사이에 이별은 없어요."

자야는 이 말을 듣는 순간 의식이 가물가물해지고 바닥 모를 늪 속으로 깊이 빠져들어가는 것 같았다.

"마누라! 마누라!"

성급한 백석은 취기에 젖어 육중한 몸을 자야에게 기댔다. 자야의 가냘픈 몸은 갑자기 태산이 된 듯 마음이 든든해졌다.

운명의 장난이 아니면 두 사람이 이렇게 빨리 가까워질 리 없다. 하지만 섣부른 만남에는 뒤에 치러야 할 대가가 반드시 따라온다. 자야는 봉건적 관습을 완전히 떨치지 못했다. 당시 자유결혼을 외치던 젊은이들은 만주로 유랑해서 돌아오지 않거나 동반자살을 감행하기도 했다.

진짜 사랑을 해본 적이 있는 사람은 사랑은 고통이라는 것을 안다. 그래서 약한 사람은 사랑을 하려고 하지 않는다. 죽음의 고통을 감내하며 사는 사람이 행복한 사람이라는 것을 자야는 알았던 걸까.

만주로 가자고 하던 백석을 뿌리치고 자야는 서울로 도망쳤지만 백석은 아예 근무지를 서울로 옮겨왔다. 운명의 신은 아직 그들을 버리지 않은 것 같았다. 백석은 세 번이나 결혼을 하고도 첫날 밤마다 자야를 찾아왔다. 자야는 유부남이 되어서도 자신의 옆에 와 있는 백석이 야속했지만 받아들였다. 사랑은 그런 것이다.

하지만 복잡한 가정과 봉건적인 관습으로 인한 갈등은 결국 둘을 갈라놓고 말았다. 백석은 혼자 만주로 떠났고 이후 둘은 만나지 못했다. 자야는 운명적 인연이니 다시 만날 것이라 믿었지만 한국사회의 냉전 이데올로기는 이들의 결합을 허용하지 않았다.

연인들은 어떻게 될지도 모르는 앞날을 약속하며 사랑은 영원할 것이라고 생각한다. 부질없다는 생각도 들지만 영화처럼 불꽃 같은 사랑을 꿈꾼다. 자야가 백석과 결혼해서 같이 살았다면 죽을 때까지 불꽃 같은 사랑을 했을까. 아마 그렇게 오래 사랑의 고통을 참아낼 사람은 없을 것이다.

자야는 자신의 삶을 백석의 시 한 줄만 못하다고 했다. 이루지 못한 모든 사랑은 애틋하다. 3년 동안의 추억이 너무도 강렬했기에 자야는 전 생애에 걸쳐 백석을 사랑했고, 전 재산을 길상사에 바쳤다.

눈이 내리는 날 그녀의 육신은 길상사 마당에 뿌려졌다. 산골로 가자는 백석의 시는 그녀에게 회환을 남겨주었다. 눈 오는 날 자신의 유골을 뿌려달라고 한 걸 보니 눈이 내리는 날 자야는 백석이 더욱 그리웠던 것 같다. 이젠 업을 삭여냈던 육신을 버리고 자유를 얻었으니 백석과 자야는 다시 만나 길상사 느티나무 아래 앉아 있을지도 모르겠다.

●

소를 찾는 집

성북동 언덕길을 따라 올라가니 '尋牛莊'이라는 문패가 발목을 잡았다. '소'는 불가에서 잃어버린 본래 자리를 말하는 것이고, 심우장은 인간의 본성을 찾아가는 과정을 그린 '심우도'에서 따온 말이다.

동쪽으로 난 대문을 들어가니 만해 한용운이 직접 심었다는 향나무가 보였다. 마당에 서니 텅빈 포만감이 느껴졌다. 수많은 종교와 이데올로기에 사로잡혀 반복되는 일상이 언덕 아래에 보였다. 아침에 일어나면 동쪽에서 뜨는 해를 보고 저녁이 되면 서쪽으로 해가 기울어지는 것을 무심히 볼 수 있는 마음으로 살면 좋겠다는 생각이 들었다.

만해의 외동딸은 볕도 안 드는 이 곳에서 1972년까지 살았다. 만해는 꿈에도 보기 싫은 총독부 건물을 등지고 북향집을 지었다. 꼿꼿한 자세로 저울추란 별명까지 얻은 그가 기거한 방은 언제나 불기가 없었다고 한다.

강철 같은 그를 녹인 불은 사랑이었다. 『님의 침묵』에 나오는 88편의 시들은 이 님에 대한 이야기들로 채워져 있다. 승려와 여인은 어울리지 않는다고 생각하는지 한용운의 시적 대상 '님'을 두고 사람들은 많은 상상을 한다. 만해의 시는 과묵한 그의 남성적 모습과는 매우 다르다. 그는 부드러운 여성의 언어로 시를 썼다. 나는 그가 한 여인을 그토록 사랑하지 않았다면 이런 시들을 지을 수 없었을 거란 생각이 들었다. 진리는 진흙 속에서 피는 연꽃과 같다고 했는데 사랑의 꽃을 피워 보지 않고 사랑을 이야기할 수 있을까.

만해는 결혼을 두 번이나 했으나 그가 진정으로 사랑했던 여인은 서여연화였던 것 같다. 하지만 수행자와 신도 사이, 그들의 경계는 분명했다. 만해는 건봉사에서 안거 수행을 하고 있을 때 남편의 영가를 위로하려고 법회에 나온 서여연화를 처음 만났다. 쌀쌀맞고 입을 꼭 다문 키 작은 만해에게 연꽃 같은 그녀가 이끌린 것도 필시 인연이었을 것이다.

만해는 그녀와 만날 때부터 이별을 염두에 두고 있었다. 그래서 그녀와의 사랑은 고통스러울 수밖에 없었다. 그는 만나지 않는 것도 님이 아니요, 이별이 없는 것도 님이 아니라고 했다. 만날 때의 웃음보다 떠날 때의 눈물이 좋고, 떠날 때의 눈물보다 다시 만나는 웃음이 좋다고 했다. 또한 가슴에 타오르는 불꽃을 끌 수 있는 것은 오직 님의 손길밖에 없다고 표현했다. 사랑은 누구에게나 지고의 가치인 것 같다. 사랑은 신앙의 대상이면서 삶 속에 꿈틀거리는 몸으로 겪는 황홀경이다. 그는 구체적 대상과의 합일로 깨달음을 얻었는지도 모른다.

시인은 경계가 없는 사람이며 자발적으로 깊은 슬픔의 바닥까지 내려간다. 만해는 승려이자 독립운동가였으나 시인이었기에 더욱 빛이 난다.

●

고독한 방외인

화마가 강릉을 휩쓸고 갔을 때 김시습기념관이 떠올랐다. 자연은 인간이 오랫동안 이루어놓은 것들을 한꺼번에 무너뜨린다. 그럴 때면 자연 앞에 한없이 겸손해진다. 우리는 어떤 경지에 이르러야 비로소 막힘과 맺힘이 없는 자유를 얻을 수 있을까.

김시습기념관 내부에 억지로 꾸며놓은 듯한 김시습의 전신 부조와 금오신화 포토존에서는 그의 향기가 전해지지 않아 내부를 쓱 둘러보고 나오는데 입구에 있는 비문의 시구가 내 발목을 붙들었다.

바랑 하나에 생애를 걸고

인연 따라 세상을 살아가오

삿갓은 오직 하늘의 눈으로 무겁고

신발은 초국 땅의 꽃으로 향기롭소

이 산 어디에나 절이 있을 터이니

어디인들 내 집이 아니겠느냐

다른 해에 선실을 찾을 때에

어찌 길이 멀고 험하다고 탓하겠느냐

김시습기념관을 찾은 이유가 이 시구 때문이었다는 생각이 문득 들었다. 순간 김시습의 얼굴이 머릿속에 다시 그려졌다. 머리를 깎고 중의 옷을 걸친 그는 수염을 매만지다 호탕한 웃음을 터뜨리며 어서 떠나라고 말하는 듯했다.

김시습의 이름 앞에는 생육신, 최초의 한문소설 『금오신화』의 저자, 승려 등 많은 수식어가 붙지만 생전 그는 세상을 등진 방외인이었다. 오세 신동이라 불렸던 그는 과거시험에 낙방하고 설악산에 숨었다가 자식도 없고 세간의 명예도 없이 평생 방랑자로 살았다. 김시습은 30대초반에 경주 금오산에 들어가 7년 동안 칩거하면서 『금오신화』를 써서 석실에 감춰두었다. 남아 있는 그의 다섯 편의 소설 중 세 편은 현세와 내세를 드나드는 사랑 이야기이고, 두 편은 이상과 정치관을 보여주는 작품이다. 세상의 통념에 자신을 맞추지 않고 살아간다는 것은 예나 지금이나 쉬운 일은 아닌 것 같다.

김시습은 현실을 우울하게 응시하여 고통과 슬픔을 담아내고, 자연과 벗하며 정신의 자유를 구하는 시인이었다. 대자유인 김시습을 유교, 불교, 도교 어떠한 종교의 틀에 넣으려고 하는 것은 부질없는 일이다. 그는 머물고 싶었지만 떠돌았고, 떠돌고 싶었지만 머물렀다. 그를 제어할 수 있는 것은 아무것도 없었다.

나는 아웃사이더로서의 삶이 지칠 때마다 김시습을 떠올리곤 한다. 마음과 세상일이 어긋날 때 어떻게 해야 할까. 저마다의 근기에 따라 세상을 헤쳐 나가는 방법이 다를 것이다. 김시습에게 현실의 구속을 벗어날 수 있는 유일한 길은 방랑뿐이었다.

●

섬에 갇힌 새

영월의 청령포는 육지 속의 섬이다. 원통한 새 한 마리가 궁궐에서 나왔다. 그 새는 숙부에게 왕위를 빼앗긴 단종이다. 단종은 한양에서 7일 동안 가마와 배를 번갈아 타며 영월로 왔다. 단종이 거처했던 어소엔 새도 날아들지 않았다. 담장을 넘어 어소 가까이까지 고개 숙여 다가온 소나무는 동강에 던져진 단종의 시신을 수습한 엄흥도의 마음 같았다.

한양을 바라보기 위해 단종이 올라가 앉았던 관음송은 어소의 담장 밖에 있었다. 한양을 바라보며 슬퍼했다는 노산대, 두고 온 왕비를 그리며 쌓았다는 망향탑……. 청령포엔 슬퍼 보이지 않는 것이 아무것도 없었다.

　유배는 외로움과 고독과의 싸움일 것이다. 유배지는 대부분 섬이다. 지금은 그 유배지들이 오히려 휴양지로 각광받고 있는 걸 보면 세상은 돌고 도는 것 같다. 단종이 수양대군의 위협에 못 이겨 왕위를 물려주었을 때 항거했던 사육신과 책을 불살랐던 생육신 김시습의 슬픔은 다를 것이다. 슬픔의 실체를 알 수 있는 건 오직 자신뿐이기 때문이다.

●

나그네

　영월에는 충청도와 강원도의 경계를 9번이나 넘나드
는 곳에 김병연 가족이 폐족으로 몰려 은둔생활을 하던
김삿갓 주거지가 있다. 김병연은 젊은 날에 이 집을 떠나
서 돌아오지 않았는데 지금은 현대판 김삿갓이 집을 차
지하고 있는 걸 보니 인생은 빌려주고 빌려쓰는 것이라
는 생각이 들었다. 시계를 거꾸로 매달아놓고 사는 현대
판 김삿갓의 삶이 궁금해서 물었으나 그는 수많은 질문
에 달관한 듯 자신의 이야기는 피해 갔다.

　김삿갓 주거지에서 만난 김병연의 초상화는 알려진 김
삿갓의 이미지와는 느낌이 사뭇 달랐다. 김삿갓의 시라

고 전해지는 시의 대부분은 김병연의 창작물이 아니다. 김병연이 어머니로부터 조부의 일을 듣고서 부끄러움을 느껴 세상을 떠돌게 되었다는 이야기는 전설로 전해지고 있지만 김병연 이전에도 삿갓을 쓰고 다니던 기인들이 있었고, 김병연과 같은 시대에도 있었으며, 김병연이 죽은 뒤에도 유사 김삿갓이 있었다. 지금도 김삿갓은 어딘가를 떠돌고 있을 것이다. 김삿갓은 길을 가는 모든 이들을 아우르는 보통명사로 봐야 한다.

> 이제 돌아가기도 어렵고
> 머물기도 난처하니
> 금후 또 몇 날이나
> 이렇듯 길가에서 헤맬고

김삿갓의 이름으로 쓴 시는 소외되고 학대받는 사람들의 울분을 분출하는 하나의 통로였다. 김삿갓은 어려운 한시를 사회의 통념을 깨는 파격의 시로 만들었다. 김삿갓은 그 자유로움 속에 살면서 물 위의 거품 같은 자유가 아니라 내 안에 원래 있었는데 꺼내지 못한 자유를 찾았을 것이다.

단종의 시체가 던져진 동강과 폐족이 된 김병연의 가족이 머물다 간 영월은 아름다웠다. 아름다운 것은 아름답지 못한 것이 있기 때문이다.

인생은 여행처럼 떠나서 잠시 멈추고 바라보다가 다시 떠나가는 과정이다. 김삿갓의 발걸음도 그러했을 것이다.

●

서리 맞은 연꽃

　허난설헌 생가에 가려고 버스를 기다리고 있는데 옆에 서 있던 아주머니가 그곳까지 가는 버스는 없다고 말해 주었다. 걸어가기에는 다리도 아프고 만만치 않은 거리라 택시를 불렀다.

　허균, 허난설헌 생가는 탁 트인 자그마한 숲에 둘러싸여 있었다. 꽃과 나무가 있는 사잇길을 걸으니 마음이 편안해졌다. 추적추적 내리던 비도 그치고 남매가 살았던 곳으로 걸어가 보았다.

　나는 허난설헌이라는 이름보다 그녀의 본명 초희가 좋다. 내가 강릉에 온 것이 초희를 만나기 위한 것은 아니었나 하는 생각이 들었다. 27세의 나이로 세상을 빨아들이고 미련 없이 천계로 돌아가버린 초희의 영혼과 마주할 줄은 몰랐다.

초희가 남동생 허균과 같이 뛰놀던 마당을 거닐었다. 마당에서는 그녀와 동생의 웃음소리가 들리는 듯했다. 그녀는 작은 규방에서 꿈을 꾸었을 것이다.

툇마루에 앉아서 초희의 삶을 생각해 보았다. 자식을 잃고, 시어머니와 남편의 몰이해 속에서 자유를 찾고 싶었던 그녀의 삶이 너무나도 생생하게 느껴졌다. 그것은 아마도 초희에게서 내 딸과 나 자신을 보았기 때문인지도 모른다. 역사는 현재를 사는 우리의 삶 속에 남아 반복된 삶을 살아가고 있는 것 같았다.

푸른 바다 구슬바다로 넘나들고
푸른 난새 아롱진 난새와 어울렸네
부용꽃 스물일곱 송이 붉게 떨어지니
달빛은 서리 위에 차갑기만 하여라

초희는 꿈속에서 만난 신선 세계의 두 선녀로부터 시

를 지어달라는 부탁을 받았고 이런 절명시를 지었다. 그녀는 이렇게 자신의 죽음을 암시하는 시를 쓰고 4년 후 27세가 되던 날, 갑자기 몸을 씻고 옷을 입고 나서 "금년이 바로 3.9의 수에 해당되니 오늘 연꽃이 서리를 맞아 붉게 되었다"고 말하고선 눈을 감았다. 집안에 있던 자신의 작품을 모두 태워버리라는 유언을 남겼지만 동생 허균은 누이의 시 200여 편을 모아 책으로 묶었다.

초희가 있던 규방 뒤쪽에 봉숭아꽃이 활짝 피어 있었다. 집 뒤쪽 우물이 지상과 하늘을 연결하는 기둥처럼 느껴졌다.

발간 노을빛이 나무에 걸리기 시작했고 마음이 바빠진 나는 떠밀리듯 그곳을 빠져나왔다.

●

혼돈주가

　인천 검암역 근처에 허암산이 있다. 홍명희 소설 『임꺽정』에 이천년이라는 이름으로 등장하는 연산군 때의 선비 허암 정희량의 흔적이 있는 곳이다. 허암은 혼란한 세상을 등지고 이곳으로 와서 초막을 짓고 살았다. 술을 스승으로 삼았던 그는 술을 빚어 '혼돈주'라 이름 붙이기도 했다.

　허암은 자신의 운명을 내다보는 재주가 있었다. 무오사화 때 귀양살이를 한 뒤 갑자년에 큰 사화가 있을 것이며 죽음을 면치 못할 것이라고 예언하고는 시묘살이 중 의복과 짚신 한 켤레를 조강에 벗어놓고 죽은 것처럼 위장하고는 홀연히 자취를 감추었다. 그 길로 이곳 허암산에 초막을 짓고 도인처럼 살았는데 부평부사가 관심을 갖게 되자 향나무에 옷을 벗어 걸어 놓고 또다시 자취를 감추었다고 한다. 허암의 예언대로 후에 갑자사화가 일어났고 엄청난 피바람이 불었다.

허암은 산속에 은거하며 주역의 이치를 실천했다. 식사를 할 때도 여러 채소와 물을 담은 그릇의 중앙에 구멍을 뚫어 숯불을 넣고 데워 먹었는데 이 그릇은 주역의 63번째 괘인 수화기제의 이치로 만든 화로였다. 후대 사람들은 이 화로를 신선로라 불렀다.

머리는 차고 발은 따뜻한 수승화강(水昇火降)을 한 상태가 건강한 몸인데 주역에서는 이것을 수화기제(水火旣濟)라고 한다. 자연에서는 불은 위로 올라가는 성질을 가지고 물은 아래로 내려오는 성질을 가지고 있지만, 인체 내에서는 조화가 이루어질 수 있게 차가운 기운은 올려주고 뜨거운 기운을 아래로 내려주어야 한다.

유허지라는 명칭대로 허암이 살던 흔적은 없었지만 다도를 즐기던 그가 차를 끓일 때 주로 이용했다는 '허암차샘'이라고 이름붙인 샘은 아직도 물기가 남아 있었다. 근처의 커다란 돌비석에 「밤에 앉아 차를 달이다」라는 시를 적은 시비가 눈에 띄었다. 잠이 오지 않는 밤 차가운 샘물을 길어다 찻물을 천천히 끓여 마시면 그의 시처럼 신선과 통하게 되고, 신선이 노니는 천계에서 속세를 잊을 수 있을까.

어느새 해가 뉘엿뉘엿 서산으로 저물고 다시 비가 내리기 시작했다. 혼돈가를 부르며 허암이 마시던 혼돈주를 나도 스승 삼아 마시고 싶어졌다.

히피들의 나라

　크리스티아니아는 전쟁으로 인한 불안한 사회의 영향으로 평화와 자유에 가치를 두고 물질문명을 거부하던 히피족이 만든 공동체 마을이다. 원색의 그래피티가 그려진 벽을 따라 걸어가니 사람 얼굴이 새겨진 긴 장대가 서 있었는데 이곳으로 들어가면 새로운 세상이 펼쳐진다.

　프리타운이라고 했지만 마치 슬럼가로 들어가는 듯했다. 가지고 있던 카메라를 숨기고 잔뜩 긴장하며 마을을 둘러보았다. 함부로 사진을 찍었다가는 안 좋은 일을 당할 수도 있다는 말을 들었기 때문이다.

　세계에서 가장 행복한 나라 덴마크의 수도 코펜하겐

에 이런 곳이 있다는 것도 놀라운 일이었다. 한적하고 평화로운 코펜하겐과는 대조적으로 곳곳에 어지럽게 그려져 있는 그림들과 어슬렁거리는 사람들이 무섭게 느껴졌다. 어디선가 마약 냄새가 났다. 마을 가운데 작은 광장에는 대마초를 파는 노점상들이 있었다. 덴마크 정부는 이곳에서 마약 판매를 금지하고 있었지만 대마초는 슬며시 봐주고 있다고 했다. 이것 때문에 사진을 찍지 말라고 하는 것이었다.

1971년 코펜하겐의 해군 기지 폐쇄로 10만 평이 넘는 부지가 버려지자 자유를 갈망하는 히피와 노숙자, 부랑아, 동성애자, 미혼모 등 사회 취약층들이 이곳으로 몰려들었다. 거기에 아나키즘 성향을 지닌 예술가들이 가세하면서 크리스티아니아는 어떤 구속도 거부하며 자율과 양심만으로 살 수 있는, 인간의 이상향을 실현하는 대안 사회로 전 세계의 주목을 받고 있다.

국적과 인종에 상관없이 누구나 받아들이는 이곳에도 질서는 있다. 폭력과 무기, 중독성 마약, 개인 차량 소지 등은 할 수 없다. 이 몇 가지만 지키면 공동체 내에서 어떤 일을 하든 자유다.

천여 명 정도 되는 크리스티아니아 사람들은 곳곳에서 주워온 폐자재로 집을 짓고 산다. 크리스티아니아의 최고 의사결정기구는 주민 모두가 참여하는 직접 민주주의이며 세금은 내지 않고 국방부에 월세만 낸다. 이들 중에는 전업 작가도 있고, 바깥에서 전문직으로 일을 하는 사람도 있지만 대개의 사람들은 대장간이나 목공소 같은 공동작업장에서 일을 한다. 이 마을에는 영화관, 미술관, 금속공예 공방, 채식 식당 등 관광객들을 위한 가게도 있으며, 라디오 방송국과 콘서트홀도 있다. 노벨문학상 수상자 밥 딜런도 이곳에서 공연을 했다.

히피족은 인간의 본능적 욕구를 드러내는 집단이다. 이들을 무모하다고 생각하고 이상하게 바라보는 사람들도 많다. 하지만 최소한의 물질로 미래를 걱정하지 않고 살아가는 크리스티아니아 사람들의 모습을 보니 그들은 행복해지는 방법을 알고 있는지도 모른다는 생각이 들었다.

무법지대로 여겨지는 크리스티아니아는 몇 번의 위기를 겪기도 했다. 덴마크에 들어선 보수 정권이 강제 철거를 시도한 것이다. 그때마다 이곳 주민뿐만 아니라 코펜하겐 시민들까지 뭉쳐서 철거를 막았고, 결국 정부와 부지 매입을 위한 협상에 성공했다.

덴마크 사람들은 공동체 의식을 중요한 가치로 여기며 '휘게' 정신을 가지고 있다. 사랑하는 사람들과 함께 소박한 삶의 여유를 즐긴다는 의미를 지닌 휘게는 우리나라에서 최근 유행어처럼 쓰는 '소확행(소소하지만 확실한 행복)'과 비슷한 맥락의 단어다. 덴마크가 꾸준히 세계에서 가장 행복한 나라에 속하는 것도 휘게 정신을 실천하며 사는 사람들이 많기 때문일 것이다. 크리스티아니아도 그런 나라 안에 있기에 존재할 수 있는 공동체인지도 모른다.

●

어울렁 더울렁

옥빛 제주 바다와 대조를 이루는 제주도 해안가의 구멍 뚫린 바위는 제주도의 멍든 역사처럼 보였다. 그 역사의 일부인 해녀들은 환경에 적응하기 위해 오랜 세월 자연과 싸우며 억척스런 삶을 살았다. 그녀들은 납으로 만든 무거운 연철을 허리에 매달고 물속에서 견뎌낸 몸을 천형처럼 받아들이며 살아왔다. 바다는 모두의 것이기에 어울렁 더울렁 함께 수확물을 나누고 분배하는 공동체를 만들었다. 1930년대 3·1운동 이후 일제의 탄압이 노골화되자 수많은 지식인들이 변절했지만 해녀 공동체는 가열찬 항일운동을 이어나갔다.

물은 끊임없이 자신을 비우며 앞으로 나아간다. 제주 바다에서 해녀들을 보며 나는 새로워지기 위해서 얼마나 많이 자맥질 했는지, 유채꽃은 무리지어 저토록 아름다운데 나는 사람들 속에서 얼마나 아름다웠는지 부끄럽기만 했다.

●

옴팡밭에 핀 동백꽃

 해안에서 불어오는 모래바람이 한라산을 미친 듯이 뒤흔들고 있었다. 학살의 숲을 거닐고 있는데 발아래로 동백꽃 머리가 툭 떨어졌다. 70여 년 전 국민을 보호해야 하는 국가가 국민에게 폭력을 휘둘렀다. 폭도를 내놓으라는 위협에 마을 사람들은 모두 북촌국민학교 운동장으로 내몰렸고, 마을은 군인들에 의해 불바다가 되었다. 아기 엄마가 총에 맞아 뒹굴고, 배고파 울던 아기는 숨이 멎은 엄마의 젖가슴에 매달려 젖을 빨고 있었다. 아무도 엄마의 부릅뜬 눈을 감기지 못했다. 목숨을 부지한 사람들은 죽은 형제들을 밤새 찾아 헤맸다. 살을 에는 한겨울의 추위 속에서 살아남은 자들은 죽은 부모 형제를 부둥켜 안고 밤을 새웠다. 북촌 인구의 40%가 이틀 동안에 학살되었다. 북촌마을은 빨갱이마을이 되었고, 살아남은 사람들은 수십 년의 세월이 흐를 때까지 학살의 기억을 제주도 말로 속솜(조용히)했다.

너븐숭이 기념관 앞에 있는 너븐숭이(넓은 돌밭)에 서니 바다에서 찬바람이 불어왔다. 옴팡밭에는 현기영 소설 「순이삼촌」의 문장들이 비석에 박혀 널브러져 있었다. 그 옆 소나무 아래 돌을 둘러놓은 애기무덤도 보였다.

20여 년 전 온 산에 진분홍 진달래꽃이 흐드러지게 피는 봄날에도 제주도를 방문했다. 그때는 옴팡밭이 북촌초등학교 옆에 있다고 했지만 찾기가 어려웠다. 동네 사람들에게 물어물어 찾다가 역사의 한 증인을 만나게 되었다. 그 노인은 잡목이 우거진 곳으로 나를 안내했다. 그곳은 전혀 사람의 손길이 가지 않은 곳이었다. 산도 아니며 들판도 아닌 것이 그냥 내버려진 땅이었다. 이곳저곳 움푹움푹 패여 있기도 하고 크게 구릉이 지기도 했는데 생사람을 마구 총질하고 묻은 곳이라고 말했다. 그리고 그의 가족 모두가 이곳에서 목숨을 빼앗기고 유일하게 목숨을 건진 사람은 자기뿐이라고 했다. 노인은 그때 그 순간을 회상하며 다소 흥분된 목소리를 냈다. 당시엔 방송국에서 찾아와도 입을 열지 못하던 때였기에 노인은 역사가 제대로 밝혀지지 않고 잘못 전해지기도 한다면서 안타까운 심경을 조심스럽게 말했다.

이제 4·3의 흔적을 찾는 사람들도 많아졌고, 그 옴팡밭도 잘 보존되어 있다. 시간의 바람은 결국 역사의 진실을 들춰내고야 말았다.

하지만 아직 4·3은 끝나지 않았다. 이승만과 미군정의 지원 아래 폭력을 휘두르던 당시 서북청년단이 이제는 반공의 깃발을 감춘 채 태극기를 두르고 광화문 거리를 활보하고 있다. 차가운 겨울을 견뎌낸 동백꽃이 모두 떨어져야 화사한 봄이 오려나.

●

영혼의 목소리

한라산을 올랐다. 인생길이 그러하듯 한라산은 좀처럼 속내를 알 수 없었다. 짧은 여정에 변화무쌍한 날씨와 몸 상태까지 맞추는 건 무리라 설문대 할망에게 운을 맡기기로 했다. 세상일이 어디 뜻대로 되던가. 가고 싶어도 못 가고, 가지고 싶어도 가질 수 없는 게 세상사인데 여행자가 제주의 중심부를 어찌 뜻대로 오르랴.

길은 평탄한 듯 싶다가도 돌길이 나타나고, 또다시 잘 닦여진 길이 이어지는 식으로 반복되었다. 그렇게 오르다 문득 돌아보니 거대한 오름들이 무덤처럼 산으로 연결되어 있었다. 그 위로 까마귀 떼들이 날아올랐다. 잠들지 못한 영혼의 목소리를 대신하는 듯 까마귀 소리가 하늘을 뒤덮었다. 곧게 뻗은 나무는 바람이 부는 곳에서 사라졌고, 대신 키 낮은 구상나무들이 바람을 견뎌내고 있었다. 자연은 서로의 몸을 바꾸어가며 자라고, 억울한 사람들의 넋까지 달래고 있었다.

윗세오름까지 오른 사람들은 서둘러 내려갔다. 안개는 한라산 정상을 둘러싸고 더 가까이 오지 말라고 하는 듯했다. 해발 1700m 윗세오름까지가 한계선인 영실코스는 아쉬운 사람들을 위해 남벽 분기점까지 길을 만들어놓았다. 이곳에서부터는 내리막길이 이어졌다. 눈까지 내려서 운무로 가려진 백록담의 실루엣만 볼 수 있을 뿐이었다.

정상에 선다는 게 어디 그리 쉬운가. 또 정상에 서면 뭐 하겠는가. 속살을 보지 않아도 그 마음을 알 수 있었다. 시원찮은 내 무릎을 생각하면 여기까지 오를 수 있었던 것만 해도 감지덕지다. 눈은 다시 비가 되어 마음까지 촉촉해졌다. 비에 젖은 까마귀도 날개를 접고 바위에 앉아 있었다. 오름에 묻힌 억울한 영혼들이 밤하늘 별이 되어 반짝이기를 기도하며 나는 말없이 산을 내려왔다.

●

이쿠노 아리랑

    소설집 『이쿠노 아리랑』을 쓴 김길호 작가를 일본 오사카 쓰루하시 역에서 만났다. 그는 타고 온 자전거를 자전거 보관소에 맡겨 두고 일본 최대의 동포 밀집지인 이쿠노쿠 조센이치바(코리아타운)로 안내했다. 2km쯤 길게 이어진 조센이치바엔 삼겹살을 파는 정육점이나 김치가게 등 한국 식품들이 즐비했다. 모두 한국말로 인사를 했다. 마치 한국에 온 듯했다.

    김길호 작가는 제주시 삼양 출신으로 일본에 살면서 60만 재일 동포들이 품은 수많은 사연을 글로 담아내고 있다. 재일 동포 중에는 일본말로 작품을 쓰고 있는 작가

도 더러 있지만 그는 우리말로 쓴 작품을 가지고 한국문
단에 등단한 작가다.

재일 동포는 오사카에 가장 많이 살고 있는데 그중에
서 이쿠노 구에 살고 있는 동포의 70%가 제주 사람이다.
1922년 오사카와 제주도를 연결하는 기미가요마루 연락
선이 생겼다. 식민지 시대 빈곤에서 벗어나려고 하는 사
람들에게 기회의 땅으로 데려다 주는 희망의 배였다. 이
연락선을 타고 제주 사람들은 일본으로 건너갔다. 해방
이 되고도 조선총독부에서 미군정으로 바뀌었을 뿐 식민
지 시절과 크게 달라지지 않고 4·3항쟁까지 발생하자 제
주 사람들은 목숨을 부지하려고 밀항을 해서 또다시 일
본으로 빠져나갔다. 그러다보니 재일 동포의 가족 중에
는 밀입국자가 많다.

김길호 작가의 소설 『이쿠노 아리랑』에 등장하는 주인
공은 실존 인물로, 이곳 코리아타운에서 김치가게를 운
영하던 92세 할머니다. 김 작가는 할머니가 일하고 있는
김치가게 앞에 서서 소설 속 주인공에 대해 말해주었다.
서른을 겨우 넘긴 나이에 아기를 두고 일본으로 온 할머
니는 김치가게에서 일을 하며 손에 물집이 생기도록 풀

베기를 했지만 월급도 제대로 못 받았다. 밥 한 끼라도 얻어먹기 위해 그렇게 할 수밖에 없었다. 할머니는 4·3때 시아버지와 남편을 잃었다. 삼양동 가물개에서 소문난 의사였던 시아버지는 당시 폭도라고 매도당한 사람들에게 약을 주고 내통했다는 죄를 뒤집어쓰고 살해당했다. 남편 역시 아버지를 죽인 청년대원을 죽이고 피신하다가 살해되었다. 한 살 때 생이별했던 큰아들도 베트남전쟁에 파병되어 죽었다. 시아버지와 남편은 빨갱이로 낙인 찍혀 죽었는데 아들은 공산주의와 싸우다가 전사한 것이다. 또 재혼해서 낳은 둘째아들은 북조선을 선택했다. 할머니는 감당하기 힘든 혼란의 삶을 겪었다. 한국사의 질곡은 할머니 삶에 그대로 투영되어 있었다.

제주 사람들은 이승과 저승을 오가는 까마귀가 울면 까마귀밥을 내놓는다. 이는 제주도 설화와 관련이 있다. 차사강림이 까마귀에게 인간의 수명을 적은 적패지를 인간세계에 전하라고 시켰는데 이것을 잃어버린 까마귀가 자기 멋대로 외쳐 어른과 아이, 부모와 자식의 죽는 순서가 뒤바뀌어서 사람들이 무질서하게 죽어갔다는 내용이다. 제주도에서 쓰는 '까마귀 모른 식게'라는 말은 까마귀도 모를 정도로 비밀리에 제사를 지낸다는 뜻이다. 4·3항쟁 때 빨갱이로 몰려 죽은 가족이 있는 집에서는 제사를 몰래 지낼 수밖에 없었다.

60~70년대 농촌의 젊은이들이 서울로 몰려갈 때 제주 사람들은 가족들이 있는 오사카로 갔다. 식민지의 상처가 아물기도 전에 내전의 칼에 베인 그들을 품어주는 곳은 역설적이게도 일본 땅이었다.

4·3의 아픔은 바다를 건너 재일 동포의 가슴에 강물처럼 흘러가고 있었다. 청산되지 못한 역사가 삶을 얼마나 피폐하게 만드는지 알 수 있었다. 김길호 작가는 앞으로도 재일 동포의 애환을 그릴 수밖에 없는 천명을 안고 있었다.

●

귀무덤

일본의 천년 수도 교토는 우리나라 경주처럼 조용하고 아름답다. 하지만 귀무덤을 보면 그런 느낌이 싹 도망을 간다. 교토 시내버스를 타고 교토국립박물관에서 내려서 박물관 뒤쪽으로 돌아가면 귀무덤이 있다고 해서 물어서 찾아갔다. 조선인 12만 6천 명의 코와 귀를 묻어 놓은 곳이다. 임진왜란의 주모자 도요토미 히데요시를 모신 도요쿠니 신사가 길 건너에서 흐뭇하게 귀무덤을 바라보고 있었다.

임진왜란 때 도요토미 히데요시 휘하의 무장들은 도요토미에게 보상을 받기 위해 조선인들의 코나 귀를 베어

소금에 절여 일본에 가지고 돌아갔다. 죽은 사람의 코뿐만 아니라 산 사람의 코까지 베어 가서 얼굴에 코가 없는 사람들도 많았다. 심지어는 아이를 갓 낳은 집에 금줄을 끊고 들어가 임산부의 코는 물론이고 갓난아이의 코까지 잘라간 일까지 있었다. 그래서 당시 전라도 사람들은 왜병을 '코 베어 가고 귀 떼어 가는 사람'이라는 뜻으로 '이비야(耳鼻爺)'라고 불렀다. 어린아이가 위험한 행동을 못 하게 할 때 '이비' 또는 '애비'라고 하는데 이 말은 여기에서 유래된 것이다.

왜병들은 처음엔 목을 잘랐는데 허리춤에 매고 다니기 불편해서 귀를 잘랐고 주머니에 넣어 놓았는데 잘 잃어버려서 두 짝씩 맞추기 힘드니 코를 자르게 된 것이다. "눈 감으면 코 베어간다"는 말도 잠시라도 방심하고 있으면 왜병이 어디선가 나타나 코와 귀를 베어 갔기 때문에 생겨난 말이다.

민족주의가 극대화되어 세계대전이 발발했고 그것으로 인한 피해자의 상처는 마음에 들어와 박혀 역사의 유전자 속에 남았다. 눈 감으면 코 베어 가는 세상, 나는 무엇을 지키며 살아야 할까.

●

사라져 가는 역사

　교토 역에서 나라로 가는 전철 긴테츠 선을 타고 이세
다 역에서 내렸다. 우지 시에 오니 우지강 아마가세 다리
에서 찍은 윤동주의 웃는 얼굴이 생각났다. 우지 시는 윤
동주의 생애 마지막 소풍지이기도 하다.

　10분 정도 걸으니 우토로 마을이 보였다. 주변의 깔끔
한 일본 주택과는 대조를 이루는 녹슨 양철과 슬레이트
로 얼기설기 지어진 집이 담박에 조선인마을이라는 것을
알 수 있었다. 일본은 태평양전쟁 때 교토 군비행장 건설
을 위해 1,800여 명의 조선인들을 강제 동원했다. 전쟁
이 끝나고 일본의 패전으로 비행장 건설은 중단되었다.

한국으로 돌아갈 사람은 돌아갔고, 돈이 없어 그대로 남게 된 사람들은 함바에서 살았다.

버려진 판자와 나무 조각들을 모아 지어놓은 함바는 금방이라도 무너져 내릴 듯했다. 당시 그들은 하루 종일 땅을 파고, 등에 피멍이 들도록 일을 해도 일당은 잡곡 세 홉이 전부였다. 그들은 공동화장실을 이용해야 했고, 저지대라서 비가 많이 오면 오물이 넘쳐 판잣집으로 흘러드는 환경 속에서 살아왔다. 88년이 되어서야 수도가 들어왔다는데 그 긴 세월을 어떻게 견뎌냈는지 모르겠다.

원래 우토로는 자동차 회사인 닛산차체의 땅이었는데 처음에는 조선인들을 그곳에서 살게 해주었다. 그러다가 닛산차체가 어려워지자 땅을 팔 생각을 한 것이다. 그 땅이 서일본식산으로 넘어갔고 이 회사는 조선 사람들을 내쫓으려 했다. 이들은 그 땅에 살고 있는 조선인들이 소유자와 계약도 하지 않았고, 다른 사람 토지 위에 마음대로 집을 짓고 살고 있다고 주장했다. 2004년 이런 사실이 알려지자 한일시민단체와 우리 정부가 지원을 해서 일부 토지를 구입하고 거주권을 확보할 수 있었다.

지금 살고 있는 조선인들은 전부 외국인으로 등록되어

있다. 그 당시 일본에 살기 위해서는 외국인 등록을 해야 했다. 윗대 가운데 한쪽이라도 일본인인 경우는 앞으로 계속 일본에서 살아도 된다는 내용이 있지만 그래도 한국이라는 국적은 사라지지 않는다.

조선인학교를 만들어 조선말을 가르치기도 했지만 강제폐쇄 당했고, 경찰은 툭하면 주민들을 조사하고 연행했다. 당시 그들이 마음 편히 할 수 있었던 일은 폐품 수집과 공사판 막일뿐이었다. 그들이 하던 일은 자식과 손자에게도 대대로 물려주어 그렇게 2, 3세대가 흘러갔다.

이제 곧 우토로의 자취는 사라질 것이다. 일본 정부가 불량주택 개선사업의 일환으로 공공주택을 건설하기 시작해서 2018년 1차 시영주택이 들어섰고, 이미 40가구가 입주했다. 2020년이면 나머지 20가구가 입주할 예정이라고 한다. 생존을 위한 투쟁은 끝났지만 이제는 기억과 싸워야 한다고 그들은 말했다. 높은 집세를 감당할 수 없는 사람은 떠날 것이고, 과거사는 묻혀 버릴 수도 있다. 이런 안타까움이 전해진 것인지 사라져 가는 역사를 남기기 위한 우토로 평화기념관 건립 운동이 일어나고 있었다. 이곳에 사는 할머니들의 사연을 담은 한 예능프로

그램 덕분에 우토로는 많은 사람들에게 알려졌고, 통큰 기부를 하는 연예인들도 있었다.

　우토로 마을의 할머니들은 엘리베이터가 있는 아파트에 들어가 살면 외로워질 거라고 했다. 그렇게 열악한 삶을 버텨냈던 것은 마을공동체였던 것 같다. 그들은 우토로에서 살아왔고 우토로에서 죽을 것이지만 그들의 뿌리는 한국 땅에 있었다.

●

눈물 젖은 두만강

압록강과 두만강에는 400여 개나 되는 많은 섬이 있다. 대부분 무인도이지만 옛날엔 두만강의 간도(사이섬)라는 섬에 거주민이 있었다. 19세기 후반 함경도 사람들이 몰래 건너가 농사를 지었던 것이다. 북간도와 서간도의 명칭은 이 섬에서 유래했다. 중국은 동북공정으로 간도 자체를 부인하고 이름을 없애려고 했다. 윤동주 시인의 생가에 붙어 있는 문패도 '중국조선족애국시인'이라고 표기되어 있어 논란이 많지만 중국이 뭐라 해도 윤동주는 북간도의 시인이다.

몇 년 전 중국 길림성 연길 시에 있는 연변작가협회 주

석으로 있는 최국철 소설가를 만난 적이 있다. 연변은 등단 개념이 없으며, 작품을 쓰면 그걸로 등단했다고 본다고 그는 말했다. 그러면서 한국의 등단제도는 계급을 만들어 차별하는 것 같다고 덧붙였다. 연변작가협회에 상주하는 사람들은 모두 공무원이며, 회원들이 글을 쓰면 협회에서 비용을 전액 부담해서 출판해 준다. 그런데도 시대가 발전하면서 좋은 소설이 안 나오고 있다고 했다. 작가는 목숨을 걸고 글을 써야 좋은 글이 나오는데 지금의 작가들은 인생, 사회에 대한 고민을 별로 안 한다고 했다. 체제가 달라도 문학은 배가 좀 고파야 나오는 모양이었다.

연변에는 일본 잔재가 거의 없다. 일제는 우리 글로 된 신문, 잡지를 모두 폐간시켰지만 이 시기 '간도'와 '만주'로 불린 중국 동북부는 우리의 민족문학이 존속할 수 있는 유일한 공간이었다. 한국문학은 분단 이후 남과 북으로 갈라져 같은 작가나 작품에 대해서도 체제가 다르다는 이유로 서로를 왜곡시켜왔다. 하지만 조선족은 이념적으로 편향된 문학을 중립적인 입장에서 바로잡아왔고, 우리 글로 된 문학지와 작품들을 계속 발간해 왔다.

요즘 조선족의 이미지가 불법 체류, 보이스 피싱과 같은 범죄 때문에 안 좋게 인식되고 있지만 편견을 없애고 보면 조선족은 우리 민족의 정체성과 중국 국민으로서의 정체성을 모두 가지고 있어서 오히려 남북의 이념적 한계를 객관적인 시각으로 볼 수 있는 사람들이다.

　　한국인들은 스스로를 가장 위대한 민족이라고 생각하고 있으며, 또 어딘가 피해의식이 있어 보인다고 연변 사람들이 말했다. 우리는 한동안 단일민족이 최고라고 믿고 살아왔다. 조선족과 한국인 사이에 두만강처럼 건너지 못할 한 줄기 강을 만든 것도 그 때문이다.

　　노래에도 두만강은 사연을 안고 흐른다. 1935년 중국 동북지방을 순회공연 하던 젊은 음악가 이시우의 귀에 한 여인의 애절한 울음소리가 들렸다. 여인은 독립운동가였던 남편이 형무소에 갇혔다는 말을 듣고 먼 길을 달려왔지만 이미 일제에 의해 총살되었다는 것이다. 그날 밤은 바로 남편의 생일이었고 여인은 빈 방에 홀로 앉아 여관 주인이 차려준 제사상에 술을 따르며 통곡하고 있었다. 이시우는 이 여인의 애통한 이야기를 들은 후 그날 밤 가사를 짓고 곡을 붙여 노래를 만들었는데 이것이 바로 '눈물 젖은 두만강'이다.

두만강은 탈북자들이 자유를 찾아 건너는 강이 되었다. 분단의 세월만큼 마음속 두만강도 넓다. 실제로 두만강을 만나보니 마을의 개천처럼 북쪽 아이들이 놀다가 이쪽으로 공을 찾으러 올 것 같이 가까웠다. 가장 가깝지만 가장 먼 나라 북한을 지척에서 본다는 것만으로 가슴이 벅찼다.

●

우주의 리듬

　갑을병정으로 이어지는 천간의 십간은 10년, 자축인묘로 이어지는 지지의 십이지는 12년마다 순환하는데 이것이 갑자, 을축, 병인 식으로 결합, 순환하여 처음으로 돌아오기까지 60년이 걸린다. 만으로 60세 생일이 되는 해는 자신이 태어난 해와 같은 간지를 가져서 환갑(還甲)이라 한다.

　역(易)은 문자 이전부터 현재까지 모든 역사를 초월할 만큼 뛰어난 사상이며 동양사상의 근본이 되는 정신적 지주로서의 학문이다. 나도 한때 관심을 가지고 공부를 한 적이 있다. 그러다가 신화와 역의 고향 텐수이까지 가게 되었다.

장강과 황하가 흐르는 톈수이는 중국을 최초로 통일한 진나라의 발상지이자 8괘를 창안한 복희씨의 고향이다. 중국은 복희씨를 삼황오제 중의 한 명으로 받들고 있다가 톈수이를 복희씨의 고향으로 정해 버린 것이다. 복희씨를 인류의 조상으로 내세워 중국을 전 세계인들의 어버이 나라로 만들려는 의도가 다분히 깔려 있었다.

주 건물인 태극전 중앙에는 맨발로 서 있는 우람한 체구의 복희씨 동상이 있었다. 두 눈은 앞을 보고 있고, 손에는 8괘 태극반을 들고 있었다. 태극전 천장에는 8괘 태극 도안이 그려져 있었다. 사당 밖으로 나오니 복희씨의 치세와 업적이 그림과 함께 설명되어 있었는데 고대 인간이 생활하는 데에 필요한 거의 모든 것을 창조한 인물로 묘사되어 있었다.

태극에서 목, 화, 토, 금, 수의 5행이 나온다. 음양으로 밤과 낮을, 4괘로 사계절의 변화를, 8괘로 5행을 설명할 수 있고, 64괘는 주역으로 세상사를 해석할 수 있다. 중국 사상을 해석하는 모든 틀이 복희씨 8괘에 이미 내재되어 있다. 복희씨는 가장 중국적인 사상과 문화를 대변

하는 인물임은 분명해 보인다.

우리나라 태극기도 이 8괘를 바탕으로 만들어졌다. 태극기 네 모퉁이에는 8괘(건태리진손감간곤) 중에 4괘(건곤감리)가 그려져 있다. 건괘는 하늘, 곤괘는 땅, 감괘는 물, 리괘는 불을 의미한다. 태극기에는 하늘과 땅과 인간, 즉 삼라만상의 변화가 담긴 우주변화의 원리가 고스란히 담겨있다.

시간은 인간이 우주 탄생의 순간부터 필연적으로 맞닥뜨리는 운명이다. 누구도 생로병사를 막을 순 없다. 운명에 자신을 맡겨야 할 때가 많다. 운명을 풀고자 했던 과거의 사람들은 태양의 주기를 통하여 1년의 길이를 알아냈고, 다시 1년은 달의 주기를 통하여 12개로 나눌 수 있게 되었다. 달의 운동이 30일 정도의 주기를 가지며, 이러한 달의 주기가 12번 정도 지나면 전과 같은 계절로 돌아온다는 사실도 알게 되었다.

인체 내에 흐르는 기운도 이것과 일치한다. 동의보감은 죽음의 정의를 독자적인 순환계가 무너지면 몸이 흩어져 자연의 순환체계 안으로 흡수되는 것으로 보고 있다. 외부에서 들어온 자극에 적절히 대응하지 못하면 스트레스가 된다. 모든 병은 기에서 생긴다고 한 동양의학의 원리도 결국은 이 역의 원리를 따른 것이다.

어린시절 내내 나는 온갖 병으로 시달렸다. 외부에서 들어온 자극에 내 정신이 섞여서 감정이 몸 안에 쌓여 상처가 되었던 것이다. 생각이 막히면 기가 맺히고, 슬픔이 깊어지면 기가 빠진다. 이것을 다룰 방법을 당시엔 몰랐던 것이다. 세상의 파도를 잘 타려면 균형을 잃지 말아야 하는 것이다.

사람관계로 힘들 때마다 실존은 본질에 앞선다는 생각이 들었다. 결과는 내가 만들 수 없다. 역의 리듬을 타고 서핑하듯 살 뿐이다.

●

카르마

델리 공항에 내렸을 때 느껴지는 혼돈의 향기에 한국에서 달고 왔던 생각들은 여지없이 깨졌다. 지워진 차선 위를 달리는 자동차, 오토바이, 릭샤, 자전거, 당나귀가 끄는 수레들과 관광객의 지갑을 노리는 소매치기들 속에서 내 감각은 허리를 세웠다. 3억 3천만 신들이 지배하는 땅 인도는 여행의 시작부터 여느 곳과 달랐다.

"나마스떼."

초록색과 빨간색 윗옷과 하얀 바지를 입고 털모자를 쓴 아이들이 합장하듯 새까만 두 손을 모으고 큰소리로 인사를 했다. 허름한 강당 바닥에 열을 맞춰 앉아 있는 아이들 옆을 지나 우리 봉사팀은 마치 스타가 된 듯 무대 위로 올라갔다. 교장 선생님이 인도 아이들에게 3일 동안 교실을 꾸며주기 위해 온 봉사단이라고 우리를 소개했다.

이곳은 간디가 하리잔들의 인권을 위한 순례여행 중에 80여 일을 머물던 곳이다. 간디는 불가촉천민들을 "harijan(신의 자녀들)"이라고 표현하면서 이들 자녀들을 위한 기숙학교를 만들었다. 나는 글쓰기 공부하는 아이들을 데리고, 200여 명의 아이들이 숙식을 하며 생활하고 있는 이 기숙학교로 봉사활동을 하러 온 것이다.

교실이라고 하기엔 너무도 열악했다. 검은 페인트를 칠해 놓은 것이 칠판이었고, 뒤쪽 벽에 붙은 작은 게시판에는 아이들이 그린 빛바랜 미술작품 몇 점만 박혀 있었다. 강당에서 얌전히 있던 아이들은 봉사팀이 교실로 들어서자 우루루 몰려와서 힌두어로 저마다 한 마디씩 했다. 영어를 할 줄 아는 아이들은 몇 명뿐이었다. 수십 명의 아이들이 봉사팀을 '디디'라 부르며 한꺼번에 달려들어 일거리를 달라고 떼를 썼기 때문에 교실은 정신이 없었다. 하지만 곧 아이들과 봉사팀은 힌두어와 한국말을 서로 교환하면서 쉽게 친해졌다. 아이들은 교실 환경을 바꾸는 것보다 사람이 그리운 것 같았다.

　교실 바깥벽은 아무런 장식도 없이 흙먼지로 덮여 있었다. 아이들은 교실에서 한두 명씩 빠져나와 호기심을 내비치며 구경하다가 봉사팀이 사포를 내밀자 거리낌 없이 다가와 일손을 돕기 시작했다. 인도 아이들은 낯선 사람들의 방문에도 낯설어 하지 않고 먼저 마음을 열었다.

　인도 카스트 제도의 4계급에도 끼워주지 않는 불가촉천민의 아이들은 인구의 15% 정도 된다. 이들의 부모는 주로 도축, 이발, 세탁, 청소 등을 한다. 인도의 헌법을 비롯해서 공식적으로는 카스트를 인정하지 않지만 인도인들은 시대착오적인 카스트 제도를 완전히 버리지 못하고 있다. 카스트 제도는 그들이 수천 년 동안 믿어온 윤회를 바탕으로 한 고리이기 때문이다. 카스트 제도의 계급은 전생의 삶이 어떠했는지에 따라 결정된다. 올바르지 못한 행위는 카르마를 짓게 하고 이것은 과거, 현재, 미래에 영향을 주며 반복된다. 불가촉천민이라는 가장 낮은 계급으로 태어난 자들은 전생에 올바르게 살지 않았기 때문이라고 그들은 생각한다.

　인도에서의 마지막 날 불꽃을 바라보던 아이들의 커다

란 눈에서 떨어져 내리던 눈물은 아직도 잊혀지지 않는다. 열악한 환경을 개선해주려고 봉사를 하러 갔는데 마음의 찌꺼기를 버리고 온 것 같았다.

두 나라 아이들은 서로에게 부족한 것을 서로 채웠다. 사람들이 인도에 가는 것도 어쩌면 다양한 삶이 공존하는 공간 속에서 자신의 별자리를 찾고 싶어서인지도 모른다.

인도에서 돌아온 후 내 카르마를 알고 싶어서 나는 전생을 읽어주는 여자를 찾아갔다. 그녀는 부모와 자식 관계는 전생으로부터 깊은 유대가 있어 서로 끌어당기는 힘이 작용하게 됨에 따라 맺게 되는 인연이라고 했다. 내 딸은 전생에도 내 딸이었고, 남은 인연이 있어 다시 딸로 태어나 그 인연만큼 살다 갔으니 놓아 주라고 그녀는 말했다.

이제 마음속에 있던 딸을 떠나 보내 주었으니 아이는 천지의 큰 집에서 편안히 쉬고 있을 것이다.

●

무탄트 메시지

시드니 오페라하우스를 돌아서니 서큘러 키에서 원주민 한 명이 디저리두를 불고 있었다. 유칼립투스 나무의 속을 흰개미들이 파먹은 것을 사용해서 만든 디저리두는 긴 나무 나팔통에서 오직 호흡과 입술의 떨림만으로 묘한 소리를 낸다. 여기서 나오는 소리는 지구의 진동파라고 했다. 원주민의 몸에 찍혀 있는 흰 점들과 세계에서 가장 오래된 악기 디저리두의 언어가 내 몸속으로 들어왔다.

1월 26일은 호주 역사가 시작된 '오스트레일리아 데이'이다. 한국에는 매서운 한파가 몰아닥치고 있었지만 호주에선 여름 축제가 펼쳐지고 있었다. 사람들은 호주 국기를 두 손에 들고 거리를 돌아다녔다. 원주민은 보이지 않았다. 대부분의 원주민은 원주민보호구역에서 국가가 지급하는 지원금을 받으며 마약이나 약물에 중독되어 피폐한 삶을 살고 있다. 그중 일부만 호주 문명에 동화되어 살고 있다. 시드니의 레드펀 지역은 원주민들이 많이 사는 동네라서 사람들이 가기를 꺼려하는 곳이다.

과거 호주 정부는 노동력이 부족해지자 원주민과 백인의 혼혈아들을 노동력으로 전환하려고 강제로 부모의 품에서 떼어내 백인 가정이나 국가보육시설로 입양시켰다. '도둑맞은 세대'라고 불리는 이 아이들은 성폭력과 폭언, 노동착취 속에서 살아가며 심각한 정체성 혼란을 겪어야만 했다. 그 뒤 호주 정부는 '국가 유감의 날'을 정해 국가가 저지른 지난날의 과오에 유감을 표시하고 공식 사과를 했지만 백호주의는 여전히 백인들의 마음에 남아 있다.

호주의 마지막 원주민 부족 중 하나인 오스틀로이드라고 불리는 '참사람 부족'은 우리 문명인들에게 메시지를 던져주었다. 그리고 자신의 종족을 더는 만들지 않기로 했다. 이 마지막 원주민 집단에게 초청된 백인 미국 여의사 말로 모건은 이들의 메시지를 전해줄 사람으로 선택되어 넉 달에 걸쳐 호주 사막을 횡단하고 돌아왔다.

그녀는 지구인들에게 책으로 메시지를 전했다. 원주민은 우리 같은 문명인을 무탄트, 즉 돌연변이라고 불렀다. 문명인들은 들판에 벌거벗고 서서 비를 맞는 게 어떤 기분인지도 모른 채 세상을 떠나며, 자신의 관점에서 시간을 재기 때문에 미래를 길게 내다보지 못한다고 말했다.

참사람 부족의 메시지는 모든 종교나 깨달은 자들이 말하는 것과 비슷하다. 우리가 신이라고 부르는 것을 좀처럼 정의하지 못하는 까닭은 모습에 집착하기 때문이라고 그들은 말했다. 신은 본질, 창조성, 순수, 사랑, 한없는 에너지이며 모든 생명은 하나라는 사실을 그들은 강조했다.

그들은 만물의 어머니인 대지를 우리에게 맡기고 호주의 사막 깊숙한 곳으로 떠났다. 오랜 세월 동안 그들이 어떤 숲도 파괴하지 않고, 어떤 오염 물질도 자연 속에 내놓지 않으면서 풍부한 식량과 안식처를 얻을 수 있었다는 것은 놀라운 일이다.

나는 내가 온 곳에서부터 앞으로 나아가고 다시 그 땅으로 돌아갈 것이다. 무탄트 메시지는 내가 온 곳이 어디인가를 말해주고 있었다.

잃어버린 것들

인쇄일 2020년 1월 20일
발행일 2020년 1월 30일

글 이다빈
사진 신지현
편집, 디자인 신지현

펴낸곳 아트로드
펴낸이 신지현
출판 등록 2018년 9월 18일 제010-000154호
주소 경기 고양시 일산동구 강송로169 한주프라자 503호
전화 031-906-6220
팩스 0303-3446-6220
전자우편 artroadbook@naver.com
홈페이지 artroadbook.modoo.at
인스타그램 @artroad_book

ISBN 979-11-967944-4-6 (03810)

이 도서의 국립중앙도서관 출판예정도서목록(CIP)은 서지정보유통지원시스템 홈페이지(http://seoji.nl.go.kr)와
국가자료공동목록시스템(http://www.nl.go.kr/kolisnet)에서 이용하실 수 있습니다.
(CIP제어번호: CIP2020001780)